高等学校教材

离散单元法及其在 EDEM 上的实践

王国强　郝万军　王继新　编

魏随利　主审

西北工业大学出版社

【内容提要】 本书介绍了离散单元法的基本理论和方法,离散单元法工程应用软件 EDEM 及其使用方法,同时还介绍了基于 EDEM 的工业应用实例。主要内容有:离散单元法的研究现状及发展趋势,离散单元法的基本理论,EDEM 概述及基本操作和 EDEM 在工业中的应用。本书将离散单元法基础理论、国际通用离散单元法工具软件及工程应用实例密切结合,通过应用实例使读者掌握离散单元法的实质内容及 EDEM 工程应用技巧。

本书可作为高等院校高年级本科生或研究生学习离散单元法和 EDEM 的教材或教学参考书,也可作为企业或研究机构的科技工作者使用 EDEM 的参考书。

图书在版编目(CIP)数据

离散单元法及其在 EDEM 上的实践/王国强,郝万军,王继新编 . —西安:西北工业大学出版社,2010.5

ISBN 978 - 7 - 5612 - 2797 - 8

Ⅰ. 离… Ⅱ.①王… ②郝… ③王… Ⅲ. 工程计算 Ⅳ. TB115

中国版本图书馆 CIP 数据核字(2010)第 092230 号

出版发行:西北工业大学出版社

通信地址:西安市友谊西路 127 号 邮编:710072

电 话:(029)88493844 88491757

网 址:www.nwpup.com

印 刷 者:陕西兴平报社印刷厂

开 本:787 mm×1 092 mm 1/16

印 张:10.25

字 数:242 千字

版 次:2010 年 5 月第 1 版 2010 年 5 月第 1 次印刷

定 价:20.00 元

前　言

离散单元法是由美国学者 Cundall P. A. 教授在 1971 年基于分子动力学原理提出的一种颗粒离散体物料分析方法。离散单元法的基本思想是把不连续体分离为刚性元素的集合,使各个刚性元素满足运动方程,用时步迭代的方法求解各刚性元素的运动方程,继而求得不连续体的整体运动形态。离散单元法被广泛地应用于离散体在复杂物理场作用下的动力学行为和多相混合介质力学特性的研究中,涉及岩土力学、粉末加工、研磨技术、混合搅拌等工业过程和粮食等颗粒离散体的仓储和运输等生产实践领域。EDEM 是英国 DEM－Solutions 公司开发的、在全球处于领先地位的离散单元法应用软件,该软件的功能是仿真、分析和观察粒子流的运动规律。离散单元法作为一种新兴的散料分析方法,已经快速地成长起来,很多产业如矿物加工、原料处理、石油和煤气的生产等都可应用 EDEM 进行设计和分析。

本书介绍了离散单元法的基本理论和方法,离散单元法软件 EDEM 及其使用方法,同时还给出了基于 EDEM 进行研究的工业应用实例。全书共分 5 章,第 1 章介绍离散单元法的研究现状与发展趋势;第 2 章介绍离散单元法的基础理论,包括离散单元法的基本概念、颗粒物质的基本性质、颗粒接触理论、软球和硬球模型及离散单元法的求解过程;第 3 章阐述 EDEM 的基本应用,包括 EDEM 基本结构、创建和初始化模型、模拟仿真和计算及对仿真结果进行显示和分析;第 4 章通过螺旋输送机输送物料的仿真、球磨机物料破碎仿真、颗粒热传导仿真、EDEM 与 FLUENT 耦合仿真等实例,介绍 EDEM 软件的基本操作;第 5 章介绍 EDEM 在破碎粉磨、散料输送等行业中的应用。

本书将离散单元法基础理论、国际大型通用离散单元法工具软件与工程应用实例密切结合,通过应用实例使读者掌握离散单元法的实质内容及 EDEM 工程应用方法。本书可作为高等院校高年级本科生或研究生学习离散单元法和 EDEM 的教材或教学参考书,也可作为企业或研究机构的科技工作者学习 EDEM 的参考书。

本书由吉林大学王国强、郝万军、王继新编写,吉林大学胡际勇、田秋娟、都鹏杰、陈超、李学飞、张玉新等参与了部分编校工作。全书由王国强教授统稿,海基公司魏随利研究员主审。

本书的编写得到了海基公司李吉工程师、张向阳工程师、王海龙工程师和王欣同志的大力支持。在本书编写过程中参考了国内、外学者公开出版的相关专著和文献,在此一并向这些专著和文献的作者表示衷心的感谢。

由于编者水平有限,书中缺点、错误在所难免,敬请读者批评指正。

编　者

2010 年 3 月于吉林大学

目　　录

第1章 绪 论

1.1 离散单元法简介

离散单元法(Discrete Element Method,DEM)是由美国学者 Cundall P. A. 教授在 1971 年基于分子动力学原理首次提出的一种颗粒离散体物料分析方法,该方法最早应用于岩石力学问题的分析。离散单元法的基本思想是把不连续体分离为刚性元素的集合,使各个刚性元素满足运动方程,用时步迭代的方法求解各刚性元素的运动方程,继而求得不连续体的整体运动形态。该方法允许单元间的相对运动,不一定要满足位移连续和变形协调条件,计算速度快,所需存储空间小,尤其适合求解大位移和非线性的问题。

离散单元法自提出以来,在岩土工程和颗粒离散体工程这两大传统的应用领域中发挥了其他数值算法不可替代的作用。首先,在岩土计算力学方面,由于离散单元更真实地表达节理岩体的几何特点,能够处理非线性变形和破坏都集中在节理面上的岩体破坏问题,因此广泛应用于模拟边坡、滑坡和节理岩体下地下水渗流等力学过程的分析和计算中;离散单元法还可以在颗粒体模型基础上通过随机生成算法建立具有复杂几何结构的模型,通过单元间多种连接方式来体现土壤等多相介质间的不同物理关系,从而更有效地模拟土壤的开裂、分离等非连续现象,成为分析和处理岩土工程问题的不可或缺的方法。其次,在粉体工程方面,颗粒离散元被广泛地应用于粉体在复杂物理场作用下的复杂动力学行为的研究、多相混合材料介质或具有复杂结构的材料其力学特性的研究中,它涉及粉末加工、研磨技术、混合搅拌等工业加工和粮食等颗粒离散体的仓储和运输等生产实践领域。

散体物料如药品、化肥等,在实际生产和试验中表现出十分复杂的运动行为和力学行为,而这些行为通常又无法直接使用现有基本理论,尤其是基于连续介质理论的方法来解释。和基于连续介质理论的分析方法不同,离散单元法是把介质看做由一系列离散的独立运动的单元(粒子)组成的,根据离散物质本身所具有的离散特性建立数学模型,将需要分析的物体看做离散颗粒的集合,这就与离散物质本身的性质相一致。因此,离散单元法在分析具有离散体性质的物料时具有很大的优越性。

使用离散单元法进行模拟分析,可以直接获得离散物质大量复杂行为信息以及不易测量的颗粒尺度行为信息,并且可以为粒子流的运动、受力、热量和能量传递提供高级的解决途径。另外,离散单元法使用简单的方程就可以对高度复杂系统的准静态和动态行为进行模拟,使得解决途径简捷可行。对于连续介质理论无法解释和分析的物质力学行为,离散单元法也可以进行准确的预测和分析。

在应用离散单元法进行数值模拟的过程中,把物料中的每个颗粒单独作为一个粒子单元建立数学模型,并给定粒子单元的尺寸和物理性质,如质量、刚度和阻尼等,各个粒子之间存在接触与分离这两种关系。当接触发生时,接触点处就会产生接触力和力矩,其大小可以根据接触力学模型求出。常用的接触力学模型有 Hertz-Mindlin 无滑动接触模型、Hertz-Mindlin 黏结接触模型、运动平面接触模型、线弹性接触模型等。利用牛顿第二定律建立每个粒子的运动方程,并用中心差分法求解,整个介质的变形和演化由各单元的运动和相互位置来描述。在模拟过程中,通过相邻颗粒之间的碰撞产生的接触力、力矩和不平衡力、力矩,计算每个颗粒在特定时刻的运动特征(速度、加速度等),通过每个颗粒的特征反映出整个系统的运动特性。

离散单元法中的粒子单元具有一定的质量和形状,图 1-1 和图 1-2 是应用离散元软件进行粒子流仿真的两种颗粒模型。常用的散体颗粒几何形状是二维的圆形和三维的球形,由于圆形和球形几何模型简单、接触判断算法容易实现而被大多数研究者采用。

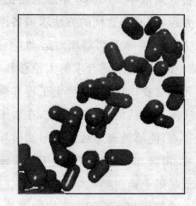

图 1-1 球形颗粒模型　　　　　　图 1-2 球囊形颗粒模型

根据处理接触方式的不同,在离散元中有硬球和软球两种基本模型。硬球模型,如 Campbell 等人的模型,是假定当颗粒表面承受的应力较低时,颗粒之间不发生显著的塑性变形,同时认为颗粒之间的碰撞是瞬时的。其主要缺点是只考虑两个颗粒之间的同时碰撞,因此只能用于稀疏快速颗粒流。软球模型允许颗粒碰撞能够持续一定的时间,同时可以考虑多个颗粒的碰撞,并且可以吸纳众多的接触模型,同时在模拟庞大数目颗粒系统时,其执行时间也有优势,因此具有较广的适用范围。

应用离散元软件对粒子系统进行仿真,就能够得到实际离散物料难以测量的数据,并可以综合这些结果对系统进行分析,例如,利用离散元软件可以根据用户的具体需要设置不同的参数,从而生成有价值的图形。图 1-3、图 1-4、图 1-5 和图 1-6 为利用离散元软件得到的结果图像。其中,图 1-3 表示的是仿真模型某时刻不同运动速度粒子数量的分布柱状图;图 1-4 表示的是不同时刻粒子数量的曲线图;图 1-5 表示的是粒子速度和距离的扫略图;图 1-6 表示的是碰撞形态百分数的饼状图。

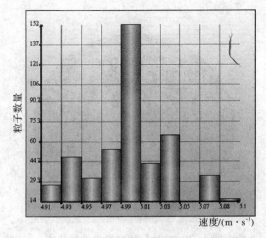

图 1-3 不同运动速度粒子数量的分布柱状图

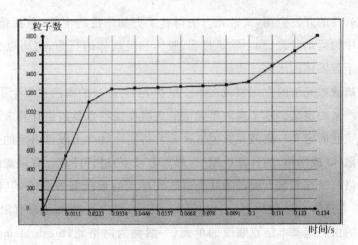

图 1-4 不同时刻粒子数量的曲线图

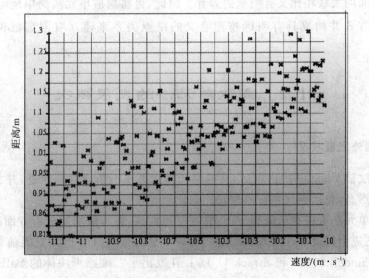

图 1-5 粒子速度和距离的扫略图

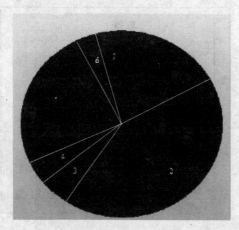

图 1-6　离散元仿真结果的饼状图

　　随着离散元软件的开发应用,离散元方法得到了更加广泛的应用,包括颗粒材料的运输、固体粒子在流体中的运动状态、气力输送过程、胶体和玻璃体的行为,也可以分析颗粒系统中的化学反应以及干湿固体的压缩过程等。

　　近 40 年来,离散单元法的应用领域在不断地扩大,它自身的内涵也发生了变化,目前难以给出离散单元法严格的定义。基于离散单元法的离散模型特点及数值计算方法可以给出离散单元法一个比较宽泛的定义。离散元数值方法通常将实际具有无限自由度的介质近似为具有有限自由度的离散体(或网格)的计算模型(有限离散模型)进行计算。有限离散模型具有三个要素:单元(或网格)、结点和结点间的关联。离散元单元的形状多种多样,但它只有一个基本结点(取单元的形心点),是一种物理元(physical element)。这种单元与有限元法、边界元法等数值方法采用的由一组基本结点联成的单元(一般称为网格元,mesh element)相比有明显的不同。另外,离散单元法的结点间的关联又具有明确的物理意义,同差分法等数值方法从数学上建立结点间的关联相比又有明显的差异。因此,可将离散单元法简单地定义为:通过物理元的单元离散方式并构成具有明确物理意义的结点关系来建立有限离散模型的数值计算方法。

1.2　离散单元法的发展概况

1.2.1　国外发展状况

　　离散单元法被 Cundall 提出以后,其模型和算法都在不断地得到改进,并且又出现了很多新的颗粒模型形态,包括椭球颗粒模型和均匀化颗粒模型等。

　　由于离散单元法不仅算法简捷方便,并且可靠性高,在离散物质分析方面表现出极大的优越性,近年来已成为解决非连续介质问题的一种十分有效且具有很大发展前景的数值模拟方法。1978 年,Cundall P. A. 和 Strack O. D. L 开发出了二维圆形块体的 Ball 程序,用于研究颗粒介质的力学行为,所得结果与 Drescher 等人用光弹技术获得的试验结果非常吻合,再一次验证了离散单元法的可靠性,并且说明了计算机模拟的可能性,为研究颗粒离散体介质的本构关系开辟了新的解决途径。Maini T. 和 Cundall P. A. 提出的可变形块体模型的通用程序 UDEC(Universal Discrete Element Code)被推广至模拟岩块破碎和爆炸的运动过程。这些程序在后来的采矿、爆破、地震等过程中的节理岩石的状态分析中都有很多应用。

由于离散单元法具有突出的优越性,自其提出以来得到了迅速的发展。20 世纪 80 年代末,离散单元法在国外就已经受到了足够的重视。自 1989 年以来,国际散体介质力学会议先后在法国、英国、美国和日本召开,在所出版的论文集中对离散单元法的研究占有一定比例。在一些著名的国际期刊中也常有关于离散单元法的文章发表,这些都足以看出离散单元法具有良好的发展态势。

随着二维离散单元法理论与应用的日益成熟,三维离散单元法的研究越来越引起人们的重视。Cundall P. A. 于 1988 年发表了三维离散单元法的基本算法,并与 ITASCA 咨询集团联手开发了三维程序 3DEC,标志着空间问题离散单元法理论已趋于完善。UDEC 和 3DEC 都是基于不规则形状块体单元的离散元模拟程序,后来美国 ITASCA 公司开发和完善了基于圆盘形和球形离散单元的 PFC2D 和 PFC3D 软件。因为 PFC2D 和 PFC3D 软件具有相邻单元搜索速度快和有效模拟大变形等优点,在很多领域得到了广泛应用,从而使离散单元法在工程中的应用向前迈进了一大步。德国和日本还分别于 2002 年和 2004 年针对这两种离散元商用软件(PFC2D 和 PFC3D)连续召开了两届国际会议。

随着计算机可视化技术和计算方法的发展,离散单元法应用软件已经发展到了一个新的阶段,其代表产品是离散元分析软件 EDEM。EDEM 是由英国 DEM-Solutions 公司开发的商业化的新型三维离散元软件,该软件具有以下特点:①可导入外部的几何模型,建模快捷,而且边界可以是实体;②可视化能力强;③操作简单;④参数的后处理能力强大。这些特点是以前的离散元软件所不具备的,使离散元的模拟分析更加方便可行。不仅如此,在 EDEM 软件的分析功能中还包括固体粒子和液体的耦合分析模块,这使得离散元的分析领域得以扩大。图 1-7 和图 1-8 所示为利用 EDEM 模拟固液体二相流的运动情况,图1-9所示为模拟化学反应中的气泡上升过程。

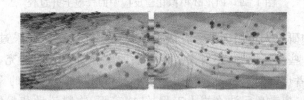

图 1-7　EDEM 模拟水流通过过滤器的运动情况

1.2.2　国内发展状况

在 1986 年举行的第一届全国岩石力学数值计算及模型试验讨论会上,东北大学的王泳嘉教授和淮南矿业学院的剑万禧教授向我国岩石力学与工程界介绍了离散单元法的基本原理和几个应用的例子。离散单元法在我国的研究和应用虽然起步较晚,但受到了极大的重视,发展非常迅速。从 2000 年开始,孙其诚和王光谦在国内率先建立起了离散颗粒元模型研究风沙运动中跃移沙层的发展。2005 年 10 月,中国科学院力学研究所和工程科学研究部还请 Cundall 博士举行了题为"离散元方法研究及应用进展"的讲座,中国科学院于 2008 年召开了中英离散元及非连续介质力学数值模拟研讨会。

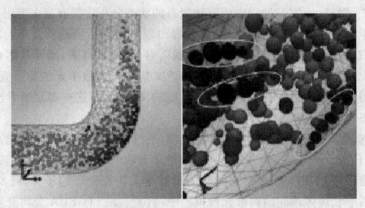

图 1-8   EDEM 模拟输油管中的泥浆运动状况

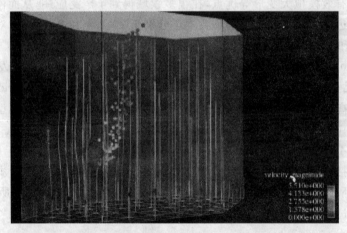

图 1-9   EDEM 模拟化学反应中的气泡上升过程

我国很多学者和研究人员用离散元方法指导我国实际的矿山开采过程,不仅解决了我国矿山开采过程中的一些具体问题,还对离散元方法的发展有很大的补充。在离散元方法的研究方面,国内很多学者也针对离散单元法中参数求解和判断邻居单元的算法进行了改进,并取得了很大进展。另外,离散单元法在岩土工程、结构工程、物料流动和粉体工程等领域发展也比较迅速[3-4]。

1.3   离散单元法的发展趋势

1.3.1   离散单元法基础理论

离散单元法的研究和应用已有近 40 年的历史了,众多的学者已发表了大量的学术论文和报告。但是,从总体上来看,利用离散单元法计算工程问题的应用文章占绝大多数,研究离散单元法的理论和算法的文章却很少。而离散单元法自它诞生的那天起就带有缺乏理论严密性的先天不足,当初就有人说离散单元法是经验计算。理论基础的欠缺在块体元模型中尤为明显,运动、受力、变形这三大要素都有假设或简化,以致计算中力系不能完全平衡。不连续变形分析方法对块体元模型进行了改进,具有较完备的运动学理论,按能量法建立平衡方程,正确的能量耗散具有较高的可靠性。但是,单元内部的应力分布(或应变分布)的计算精度,同有限元法尚有差距。在这方面,颗粒元模型要合理得多,只要单元尺寸足够小,即使计算连续介质力学问题,其计算精度也可以不亚于有限元法等数值方法的计算精度。但是,这就要求在计算量方面做出牺牲。因此,优化算法、提高计算效率也是一项重要的工作[4]。

　　加强离散单元法基础理论、算法及误差分析方面的研究,并汲取有限元法等数值方法的优点,使之既能保持在描述离散体的整体力学行为和力学演化全过程方面的优势,又能有效描述介质局部连续处应力状态和变形状态,使离散单元法的模型建立真正满足几何仿真、物理(本构)仿真、受力仿真和过程仿真的原则,是离散单元法研究领域的首要工作。另外,通过同实验结果、理论解及其他数值方法的计算结果进行比较,把握离散单元法的计算精度和计算效率,进而对离散单元法的建模和算法进行改进也是必不可少的。

1.3.2　并行计算方法

　　并行计算方法在离散单元法的应用是突破计算能力障碍的选择。由于计算对象的规模与复杂性日益加大,人们发明了并行计算方法。迄今为止,并行计算方法已在有限元模型中得到了有效的运用,基于静态子结构区域分解的概念,对求解系统的刚度与质量矩阵剖分为内部自由度与公用自由度,采用静力凝聚法消去内部自由度后的凝聚矩阵交给中心机进行装配并求解,最后由各结点机进行被消去的未知量计算而完成全部求解过程。然而,上述策略给离散元模型的内存分配带来了难题,主要是子域间的界面接触条件的连续动态变化,使中心机的工作负荷、子机之间的通信交换以及数据存储也要求随之动态变化,使子机的内存分配产生了很大的困难。对离散元并行计算,动态区域分解方法能够较好地解决上述问题。该方法的思路是进行动态域的重分解与荷载的动态再平衡,并构造一个动态的离散颗粒关系图,根据关系图对颗粒间可能接触的提示,重新划分域,使各子机之间的负荷均衡并使数据传输最小,且使并行计算得到最高的效率。

1.3.3　多尺度和多学科的发展

　　颗粒元是离散单元法中最活跃、应用范围最广的单元和模型。它可大可小,大到巨石甚至星球,小到尘埃甚至原子。特别需要指出的是,分子动力学在模型上是完全符合关于离散单元法的定义的。它们的区别主要在于单元间的关联上,离散单元法主要用于分析宏观现象,一般只考虑与对象单元相接触的单元之间的作用力;分子动力学主要用于分析原子、分子世界的微观现象,一般需要考虑对象单元同所有单元间的作用力。分子动力学模型的提出和应用要比离散单元法早,它是 1957 年由 Alder 和 Wainwright 首先提出并用于研究凝聚态系统的气体和液体的状态方程。它适合于在原子和分子尺度下,模拟 $ps(10^{-12}s)$ 时间级别的动力问题。它们在算法上完全可以相互补充、相互促进。唐志平提出的三维离散元模拟方式也符合关于离散单元法的定义,该模型中的单元尺寸介于离散单元法和分子动力学之间,单元和单元之间主要互相作用类似于分子之间的作用,可以用各种形式的作用势来表示,单元间的作用假设为近场作用。他将这种离散元方法称为"一种基于准分子动力学的无网格物理模拟方法"。Korlie 也提出了一种类似的模型,他将分子团方法和经典牛顿动力学结合起来模拟了在重力的作用下水滴在水平固体表面上的成形过程和气泡在液体中的上升运动过程。

近年来发展壮大的无网格方法(Mesh free method or gridless method),如光滑粒子法(SPH)、改进的光滑粒子法 CSPM、扩展单元法(Diffuse Element Method,DEM)、无单元的 Galerkin 方法(Element Free Galerkin,EFG)、再生核质点方法(The Reproducing Kernel Particle Method,RKPM)、云团方法(HP cloud method)等,与离散单元法既有区别又有联系。离散元方法具备了无网格方法的许多特征,如离散元中的单元信息也只由一个结点(一般为形心)承担,通过单元结点与周围结点发生不同关系来表征不同的物理现象或过程。它们在模型上的主要差别在于:无网格方法建立在插值理论基础上,也就是用周围结点的数值插值计算中心结点的数值,其构造的插值函数往往可以采用高阶权函数(high-order weight functions)或核函数(kernel functions),其实质上是一种数学上的光滑处理,结点间的联系大多不具有明确的物理意义。而离散单元法中结点间的联系是有明确的物理意义的,它代表了单元间的相互作用形式和作用大小,算法的构造是由结点间的连接模型所决定的。

颗粒单元的应用现已不仅仅局限于力学领域,还可以应用于同力学相关的其他学科中,由于它可以突出表现颗粒的个体性质,而不像连续介质模型那样过分地依赖于高度简化的、规定性的本构关系,因而离散单元法在处理复杂颗粒流时表现出较强的效率和适用性。它已经被应用于高温下铁离子的液化现象的研究,模拟生产聚乙烯的化学反应过程中颗粒和气体分布的动态变化过程,散体在复杂物理场作用环境下的复杂动力学行为,工业和采矿过程的固体颗粒混合和研磨过程,激光辐照下的失效响应及其机理研究,含有缺陷的各向异性多项材料在冲击载荷下伴随相变和化学反应的破坏过程研究等[4]。

1.3.4 离散单元法软件的发展

由离散元思想首创者 Cundall P. A. 加盟的 ITASCA 国际工程咨询公司开发的二维 UDEC(Universal Discrete Element Code)和三维 3DEC(3-Dimensional Discrete Element Code)块体离散元程序,主要用于模拟节理岩石或离散块体岩石在准静载或动载条件下力学过程及采矿过程的工程问题。该公司开发的 PFC2D 和 PFC3D(Particle Flow Code in 2/3 Dimensions)则分别为基于二维圆盘单元和三维圆球单元的离散元程序。它主要用于模拟大量颗粒元的非线性相互作用下的总体流动和材料的混合,含破损累积导致的破裂、动态破坏和地震响应等问题。Thornton 的研究组研制了 GRANULE 程序,可进行包括不同形状的干、湿颗粒结块的碰撞—破裂规律研究,离散本构关系的细观力学分析,料仓、料斗卸料规律研究等。

国内离散元软件的开发相对还比较落后,但随着离散元方法研究在国内的升温,也出现了用于土木工程设计的块体离散元分析系统 2D-Block 和三维离散单元法软件 TRUDEC,以及基于二维圆盘单元和三维球单元为基础的 SUPER-DEM 离散元力学分析系统。

上述离散元软件还属于专业性很强的软件,在算法、前后处理系统、物态方程及材料数据库方面同有限元法的泛用性商品软件相比还有很大差距,这方面的工作亟待加强。EDEM 是英国 DEM-Solutions 公司开发的、在全球处于领先地位的离散元应用软件,该软件的功能是仿真、分析和观察粒子流的运动规律。离散单元法作为一种新兴的散料分析方法,已经快速地成长起来,现在很多产业,如制药、化学药品、矿物、原料处理、农业、建筑业、技术工程,也包括石油和煤气的生产,都可应用 EDEM 软件进行设计和分析。

1.3.5 同其他算法的融合

有限元法、边界元法等传统数值方法适合于解决连续介质问题,而离散单元法适合于界面弱连接的非连续介质问题或连续体到非连续体转化的材料损伤破坏问题。因此,如果能将离散单元法与有限单元法和边界单元法等有机地结合起来,便能充分发挥各自的长处,可以极大地扩大该数值方法的范围。离散元与有限元、边界元耦合算法在相关文献中有详尽的阐述。近些年来,Mohammadi 等人将离散元有限元耦合模型计算用于分层破坏问题的研究,Ransing 等人将其用于应用离散和连续建模方法模拟粉末压实过程的研究。

离散元方法与分子动力学方法、无网格方法以及其他粒子方法等新兴算法具有很大的相似性:它们都是将信息存储于一个结点上,通过结点间的相互作用建立相互的联系。也就是说它们具有统一的或相近的数据存储模式和运算机制,因此完全可以将具有统一特性的众多模型划归于一个统一的计算框架。不同算法的通用化和统一化所产生的通用计算平台可以大大地扩展算法的应用范围,为研究诸如传热、传质和化学反应过程相耦合的复杂系统及多尺度问题提供有力的计算工具。离散元与其他算法的融合是其推陈出新、不断向前发展的一个必然趋势。

1.4 离散单元法工程应用软件 EDEM

1.4.1 EDEM 的功能特点

EDEM 是国际通用的基于离散单元法模拟和分析颗粒系统过程处理和生产操作的 CAE 软件。EDEM 为粒子流的运动、动力、热量和能量传递提供了解决途径,它能够与现有的其他 CAE 工具结合应用,快速简捷地进行设计分析,因此应用 EDEM 能够减少开发成本和时间。

EDEM 是多用途的离散单元法软件,用来模拟分析工业粒子的处理和制造过程。用户可以利用 EDEM 快速而轻松地建立粒子固体系统的参数化模型;导入真实粒子的 CAD 模型,可获得其形状的正确表示;添加机械、材料和其他的物理属性来形成所需的粒子模型。这些都可以储存在一个数据库里,以便用户建立具体化的过程分析。

EDEM 可以管理每个粒子个体的信息(质量、温度、速度等)和作用于粒子上的力。它也可以将粒子的形状考虑在内,而不是一概当做是球形。EDEM 可以结合先进的 CAE 工具来模拟粒子与流体、粒子与结构以及粒子与电磁场的相互作用。

EDEM 的粒子工厂(EDEM's particle factory™)技术提供了一个高效产生粒子集合的独特方法,该技术与从 CAD 或 CAE 系统导入的实体或网格的机械几何模型相结合,用户可以将机械零件组合起来,并且可以对每个机械的组合部分的运动学过程进行具体定义。

EDEM 为后处理过程提供了数据分析工具和粒子流的三维可视化工具。利用 EDEM 强大的后处理工具,用户可以观察、绘制任何变量的图形。通过鉴别重要的系统行为,可以轻松地更改模型以得到更为准确的仿真结果,并且可以根据用户的需要重新生成。

EDEM 是世界上第一个可以与 CFD 软件相结合的 DEM 软件,基于固相状态的粒子来分析固-液所组成的系统。这就能够独特地构造这种系统的模型——对于系统运动来说,要求粒子与粒子和粒子与壁面的相互作用严格定义。这一独特性使用户可以分析作用在机械零件上的动载荷,并且直接将结果从用户首选的结构分析工具中输出。

EDEM 的分析能够获得大量的新的有价值的数据,包括:粒子与机器表面相作用的内在行为;系统元件之间碰撞的数量、频数和分布情况;每个粒子的速度与位置,在一个大的体积内部,伴随着粒子的碰撞、磨损、凝聚和解离过程的能量状况;有关粒子链结构的力序列和结构的整体性。

总而言之,DEM-solutions 公司开发的离散元软件 EDEM 较以往的离散元软件具有更多突出的优点,无论是其操作的简便性、可视化功能,还是其后处理功能都有很大的进步。更值得一提的是它还增加了流固耦合这种复杂问题的处理模块,完善了整个软件的分析功能。下面将对其具体的功能进行简要介绍。

1. 强大的建模功能

利用前处理器 Creator 进行颗粒定义和颗粒环境设置。

(1)定义颗粒:定义颗粒的几何形状和物理性质等,任意形状的颗粒可以通过导入真实颗粒的 CAD 模型来准确描述它们的形状。如图 1-10 所示为在 EDEM 软件中创建的离散元颗粒模型。

图 1-10　在 EDEM 中创建的离散元颗粒模型

通过添加力学性质、物料性质和其他物理性质来建立颗粒模型,并且在模拟过程中把生成的数据储存到相应的数据库中。

(2)定义颗粒所在的环境:创建或导入机械的 CAD 模型,定义机械的动力学性质,用 Particle Factory 工具定义颗粒的生成工厂等。可以根据机械形状来高效生成颗粒集合,其中机械形状可以作为固体模型或表面网格从 CAD 或 CAE 软件中导入。机械组成部分是可以集成的,并且可以对每个部分单独地设定动力学特性。

2. 动态模拟

利用 DEM 求解器 Simulator 进行模拟可以快速、有效地监测离散颗粒间的碰撞;能够选用动态时间步长;软件既可以在单个处理器上运行,也可以在 Windows 和 Linux 环境下的多处理平台上运行;提供一系列接触力学模型,用户自定义模型可以通过应用界面很简单地植入;可以通过模型参数的可视化图表来分析模拟结果,从而快速地识别趋向和修正结果。图 1-11 所示为利用 EDEM 软件对球磨机的运动过程进行模拟。

3. 分析和后处理

利用后处理器 Analyst 进行数据的分析和处理,生成各种结果图,如图 1-12、图 1-13、图 1-14 所示。EDEM 中的数据分析和可视化工具使用户可以详细地研究模型结果:3D 视频动画、剖面图,生成初始数据和用户自定义参数数据的图表,瞬态分析,基于粒子群的空间分析,颗粒跟踪,矢量图,接触和结构的可视化。

图 1-11　EDEM 模拟球磨机的运动过程

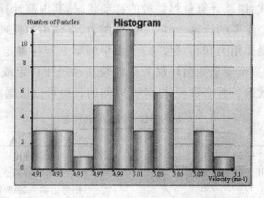

图 1-12　显示粒子速度分配的柱状图

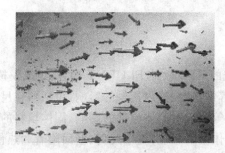

图 1-13　粒子速度矢量方向

利用 EDEM 可以得出如下数据:与机器表面相互作用的颗粒集合内部行为,系统组分间碰撞的强度、频率和分布,每个颗粒的速度、位置和一个颗粒集合中颗粒碰撞、磨损、聚合和解离相关的能量,亚颗粒结构的结构完整性和力链,利用 EDEM 强有力的后处理工具,可以确定颗粒的系统行为,从而修改模型以更好地进行模拟和朝我们所希望的解迭代。

图 1-14　粒子流图像

4. 利用离散单元法进行模拟

EDEM 利用离散单元法进行计算,把介质看做由一系列离散的独立运动的单元(粒子)所组成,利用牛顿第二定律建立每个单元的运动方程,并用显示中心差分法求解,整个介质的变形和演化由各单元的运动和相互位置来描述。在解决连续介质力学问题时,除了边界条件以外,还有 3 个方程必须满足,即本构方程、平衡方程和变形协调方程。进行离散元数值计算时,往往通过循环计算的方式,跟踪计算材料颗粒的移动状况,其内部计算关系如图 1-15 所示。

每一次循环包括两个主要的计算步骤:①由作用力、反作用力原理和相邻颗粒间的接触本构关系确定颗粒间的接触作用力和相对位移;②由牛顿第二定律确定由相对位移在相邻颗粒间产生的新的不平衡力,直至要求的循环次数或颗粒移动趋于稳定或颗粒受力趋于平衡。并且计算过程按照时步迭代遍历整个颗粒体,计算时间的长短可以根据需要自行设定。

单元的参数更新及接触判定

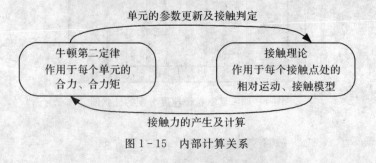

接触力的产生及计算

图 1-15　内部计算关系

5. 与 FLUENT 的耦合

EDEM 可以和世界领先的 CFD 软件 FLUENT 耦合,组成模拟固-液/气流的强有力分析工具,这样的耦合模拟可以解释:颗粒群内接触的影响,包括颗粒尺寸的分布、颗粒形状和机械性质、颗粒表面特性,如凝聚等颗粒对流体流动的影响、固体填料的空间影响,更准确的热和质量传递模型颗粒与壁面相互作用的影响,复杂几何、壁面附着和热传递。如图 1-16 所示是一个模拟水流对沙粒的冲击的仿真模型。

1.4.2　EDEM 的应用范围

利用 EDEM 可以解决如下问题:物体的混合和分离,收缩、破裂和凝聚,颗粒的损伤和磨损,固-液流的条件,机器部件对颗粒碰撞的力学反应,腐蚀,颗粒的包装和表面处理,热和质量传递,化学反应动力学,沉降和颗粒从固-液体系中的去除,危险物料的处理,干、湿固体的压缩,黏性和塑性力学以及胶体和玻璃体的行为等。

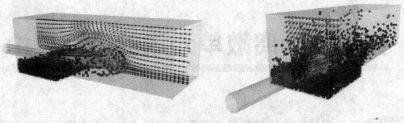

图 1-16 水流对沙粒的冲击模型

　　EDEM 能够检查由颗粒尺度所引起的操作问题,减少对物理原型和试验的需求,获得不易测量的颗粒尺度行为的信息,确定颗粒流对流体行为或机械的影响。由于离散单元法软件 EDEM 具有以上优点,故其应用范围将越来越广。

第 2 章　离散单元法的基础理论

离散单元法将所分析的散体物料看做离散颗粒的集合体,符合散料本身的性质。在离散单元法数值模拟中,对物体中的每个颗粒都作为一个单元建立模型,并进行模拟,然后根据颗粒之间的接触,通过一系列计算追踪系统中每个颗粒来对整个物体进行分析。

2.1　散体物料的基本概念

2.1.1　颗粒物料与颗粒流

颗粒物料是由众多离散颗粒相互作用而形成的具有内在有机联系的复杂系统。自然界中单个颗粒的典型尺度在 $10^{-6} \sim 10$ m 范围内,其运动规律服从牛顿定律。整个颗粒介质在外力或内部应力状况变化时发生流动,表现出流体的性质,从而构成颗粒流。

2.1.2　力链

在重力作用下的密集流中,发生接触的颗粒间链接成直线状且较为稳定的力链,这些力链在整个颗粒介质内构成力链网络,支撑整个颗粒介质的重力及外载荷。颗粒物料内部接触应力的分布并不均匀,在密集排布的颗粒物质中,颗粒自由活动空间小,重力或外载荷使得颗粒间相互挤压变形,一些颗粒变形较大且连接成准直线形,传递较大份额的重力和外载荷,形成强力链;其他颗粒间接触变形微弱,传递的外力较小,形成弱力链。力链的方向基本与外载荷方向平行,只能承受较小的切向力。剪切过程中,这些力链发生动态变化:若干颗粒聚集而形成一条力链,随着剪切而发生轻微旋转,力链逐渐变得不稳定并最终断裂,但很快又形成新的力链与外载荷达到平衡。

2.1.3　孔隙率与孔隙比

颗粒物料由不同形状和大小的颗粒组成,颗粒之间存有间隙,这种间隙称为孔隙。颗粒物料层中,颗粒与颗粒间的孔隙体积与整个颗粒物料层体积之比称为孔隙率。孔隙率 n 可以表示为

$$n = \frac{V_0}{V_0 + V_1}$$

式中,V_0 为孔隙体积;V_1 为固体物料体积。

孔隙率反映了颗粒物料的密实程度,与颗粒尺寸、形状、相互作用及所受压力有关。孔隙体积与固体物料体积之比称为孔隙比,孔隙比 ε 可表示为

$$\varepsilon = \frac{V_0}{V_1}$$

2.1.4　物料的湿度

颗粒物料的孔隙充满了空气和水分,孔隙的水分可以是结构水、吸附水和表面水。结构水是水与物料颗粒以化学化合方式联系在一起的;吸附水是物料颗粒从周围空气中吸收来的;表面水是颗粒表面上的水膜或充填在颗粒间的自由水。

含有表面水的物料称为潮湿物料。当颗粒物料长期露天存放时,其表面水蒸发,仅留下结构水与吸附水的物料称为风干物料,仅含结构水的物料称为干燥物料。物料的湿度是指物料风干前、后的质量之差,即用蒸发水的质量与固体颗粒质量之比来表示:

$$Q = \frac{m_1 - m_2}{m_2}$$

式中,Q 指物料的湿度;m_1,m_2 分别代表物料风干前、后的质量。

2.1.5　堆积角

所谓堆积角是指颗粒物料自由堆积在水平面上,且保持稳定的锥形料堆的最大锥角,即物料的自然坡度表面与水平面之间的夹角,称为最大堆积角。堆积角的值与颗粒物料的流动性有关,颗粒物料的流动性愈好,堆积角愈小。

形成颗粒物料的堆积角有两种情况:一种是底平面保持静止时的静堆积角,另一种是底平面保持运动时的动堆积角。

2.1.6　流动性

物料的流动性是颗粒物料的重要特性之一。影响流动性的因素很多,其中有内摩擦力、黏聚力、堆积密度及颗粒间所含空气的多少。物料的内摩擦力和黏聚力愈小、堆积密度愈小以及物料所含空气量愈多,则物料的流动性愈好。

2.1.7　磨损性与磨琢性

颗粒物料在运动时,与其接触的固体表面被磨损的性质称为物料的磨损性,以被接触材料的相对磨损量来表示。颗粒物料的尖锐棱边,在运动时对与其接触的固体表面产生机械损坏(如击穿、撕裂等)的性质称为物料的磨琢性。

2.1.8　黏结性与冻结性

某些颗粒物质在长期存放的条件下,失去了其松散性质而凝聚成团,这种性质称为物料的黏结性。某些颗粒物质只有在超过正常湿度下才黏结,而在干燥状态下不出现黏结,或呈现较弱的黏结。但是在所有情况下,随着颗粒物料的堆积层不断地增高,下层承受的压力越来越大,其黏结的可能性也就不断地增大。潮湿的散料物质在低温情况下能冻结成块的性能称冻结性。在寒冷的冬季,很多物料都具有冻结性。

颗粒物质除上述主要的物理性能外,有时还需考虑其他一些特殊性能,如破碎性和缠绕性等

2.2　颗粒接触理论

2.2.1　模型假设

离散单元法把离散体看做具有一定形状和质量的离散颗粒单元的集合,每个颗粒为一个单元。为了便于分析,作如下假设:

(1)颗粒为刚性体,颗粒系统的变形是这些颗粒接触点变形的总和;

(2)颗粒之间的接触发生在很小的区域内,即为点接触;

(3)颗粒接触特性为软接触,即刚性颗粒在接触点处允许发生一定的重叠量,颗粒之间的重叠量与颗粒尺寸相比很小,颗粒本身的变形相对于颗粒的平移和转动来说也小得多;

(4)在每个时步内,扰动不能从任一颗粒同时传播到它的相邻颗粒。在所有的时间内,任一颗粒上作用的合力可以由与其接触的颗粒之间的相互作用唯一确定。

离散单元法为具有复杂交互作用的不连续系统提供了一个先进的三维模拟方法,其中最重要的一点是用高效的计算方法来判定三维粒子之间的接触,所表述接触的形式可以是任意形状块体之间的接触,并且可以表述接触的几何和物理特征。

2.2.2　颗粒单元的属性

颗粒离散单元法将材料理想化为相互独立、相互接触和相互作用的颗粒群体。颗粒单元具有几何和物理两种类型的基本特征。

(1)颗粒单元的几何特征主要有形状、尺寸以及初始排列方式等。常用的颗粒单元形状有二维的圆形和椭圆形、三维的球形和椭球形,以及近年来发展起来的组合单元等;排列方式则常用类似空间晶格点阵的规则排列(这样排列的材料具有一定的各向异性),有时也采用随机排列。

(2)颗粒单元的物理性质有质量、温度、刚度、比热,以及相变、化学活性等。在离散元方法中,材料常数具有明显的物理意义,并且可以灵活地设置荷载模式、颗粒尺寸、颗粒分布和颗粒的物理性质,进而获得用其他方法所不能得到的有价值的信息,可以描述颗粒材料的力学行为。

2.2.3　接触模型

离散元方法模拟的是运动在颗粒集合中传播的过程,颗粒运动必然会引起颗粒之间的相互碰撞,颗粒之间也必然有力产生。离散单元法描述碰撞的过程就是接触的产生和发生作用的过程。

根据接触方式的不同,在离散元中有硬颗粒接触、软颗粒接触两种。硬颗粒接触是假定当颗粒表面承受的应力较低时,颗粒之间不发生显著的塑性变形,同时认为颗粒之间的碰撞是瞬时的。其主要缺点是只考虑两个颗粒之间的同时碰撞,因此只能用于稀疏快速颗粒流。软颗粒接触允许颗粒碰撞能够持续一定的时间,可以同时考虑多个颗粒的碰撞。

软接触方式是离散单元法中的接触事件常用的描述,也就是说在一对接触点处允许出现重叠部分。一个接触模型就是将接触点处的重叠量、接触粒子的物理属性、相关的冲击速度以及之前时步的接触信息通过一对大小相等、方向相反的力联系起来。计算出作用于粒子上的合力(包括粒子力与接触力),然后通过牛顿第二定律计算出加速度,并更新粒子的速度与位移。所谓接触模型就是构成离散单元法必需的组成部分。由于软颗粒接触模型可以吸纳众多的接触模型,并且在模拟庞大数目颗粒系统时,其执行时间也有优势,因此具有较广的适用范围。

接触模型是离散单元法的重要基础,其实质就是准静态下颗粒固体的接触力学弹塑性分析结果。接触模型的分析计算直接决定了粒子所受的力和力矩的大小。根据颗粒运动时有无附加阻力,在离散元中将接触模型分为干颗粒和湿颗粒两种。干颗粒模型是指接触的两圆球间在法向-切向相对运动时接触力和局部变形的关系;而湿颗粒接触模型则是在两圆球间存在液桥或处于浸渍状态下,当两球有法向或切向相对运动时,因流体黏性产生的法向挤压力或切向阻力模型。需要指出,尽管接触关系是非线性的,仍近似采用叠加原理。离散单元法的接触模型有多种,接触力的计算方法也各不相同,但是整体计算的原理都是相同的。

对于不同的仿真对象,必须建立不同的接触模型。常用的接触模型有以下六种:Hertz-Mindlin 无滑动接触模型、Hertz-Mindlin 黏结接触模型、线性黏附接触模型、运动表面接触模型、线弹性接触模型和摩擦电荷接触模型。下面对这六种接触模型分别进行说明。

1. Hertz-Mindlin 无滑动接触模型

这种模型是 EDEM 软件中默认的接触模型,该模型是在 Mindlin 所取得的研究成果的基础上建立的。

设半径分别为 R_1,R_2 的两球形颗粒发生弹性接触,法向重叠量为 α 的计算公式为

$$\alpha = R_1 + R_2 - |\boldsymbol{r}_1 - \boldsymbol{r}_2| \tag{2-1}$$

式中,$\boldsymbol{r}_1$,$\boldsymbol{r}_2$ 是两颗粒球心位置矢量。

颗粒间的接触面为圆形,接触半径 a 为

$$a = \sqrt{\alpha R^*} \tag{2-2}$$

式中,R^* 为等效粒子半径,可由下式求出:

$$\frac{1}{R^*} = \frac{1}{R_1} + \frac{1}{R_2} \tag{2-3}$$

颗粒间法向力 F_n 可由下式求得:

$$F_n = \frac{4}{3} E^* (R^*)^{1/2} \alpha^{3/2} \tag{2-4}$$

式中,E^* 为等效弹性模量,由下式求出:

$$\frac{1}{E^*} = \frac{1 - \nu_1^2}{E_1} + \frac{1 - \nu_2^2}{E_2} \tag{2-5}$$

式中,E_1,ν_1;E_2,ν_2 分别为颗粒 1 和颗粒 2 的弹性模量和泊松比。

法向阻尼力 F_n^d 可由下式求得:

$$F_n^d = -2 \sqrt{\frac{5}{6}} \beta \sqrt{S_n m^*} \, v_n^{rel} \tag{2-6}$$

式中,m^* 为等效质量,由下式求出:

$$m^* = \frac{m_1 m_2}{m_1 + m_2} \tag{2-7}$$

设两颗粒发生碰撞前的速度分别为 v_1,v_2,发生碰撞时的法向单位矢量为 $\boldsymbol{n}$,则

$$n = \frac{r_1 - r_2}{|r_1 - r_2|} \tag{2-8}$$

式(2-6)中的 v_n^{rel} 为相对速度的法向分量值,由下式求出:

$$v_n^{rel} = (v_1 - v_2) \cdot n \tag{2-9}$$

式(2-6)中的系数 β 和法向刚度 S_n 可由下面两式求出:

$$\beta = \frac{\ln e}{\sqrt{\ln^2 e + \pi^2}} \tag{2-10}$$

$$S_n = 2E^* \sqrt{R^* \alpha} \tag{2-11}$$

式中,e 为恢复系数。

颗粒间切向力 F_t 可由下式求出:

$$F_t = -S_t \delta \tag{2-12}$$

式中,δ 为切向重叠量;S_t 为切向刚度。切向刚度 S_t 由下式求出:

$$S_t = 8G^* \sqrt{R^* \alpha} \tag{2-13}$$

式中,G^* 为等效剪切模量,由下式求出:

$$G^* = \frac{2 - \nu_1^2}{G_1} + \frac{2 - \nu_2^2}{G_2} \tag{2-14}$$

式中,G_1 和 G_2 是两颗粒的剪切模量。

颗粒间的切向阻尼力 F_t 可由下式求出:

$$F_t = -2 \sqrt{\frac{5}{6}} \beta \sqrt{S_t m^*} \, v_t^{rel} \tag{2-15}$$

式中,v_t^{rel} 是切向相对速度。

切向力与摩擦力 $\mu_s F_n$ 有关,这里 μ_s 是静摩擦因数。

仿真中的滚动摩擦是很重要的,它可以通过接触表面上的力矩来说明,即

$$T_i = -\mu_r F_n R_i \omega_i \tag{2-16}$$

式中,μ_r 为滚动摩擦因数;R_i 为质心到接触点间的距离;ω_i 为接触点处物体的单位角速度矢量。

2. Hertz-Mindlin 黏结接触模型

当需要用有限尺度的黏合剂黏结颗粒模型时,可以应用 Hertz-Mindlin 黏结接触模型。这种黏结可以阻止切向和法向的相对运动,当达到最大法向和切向应力时这种结合就被破坏了,此后颗粒作为硬球对彼此产生作用。这种模型特别适合于混凝土和岩石结构。

颗粒在某一时刻 t_{BOND} 被黏结起来,在此之前,颗粒通过默认的 Hertz-Mindlin 接触模型产生相互作用。然后黏结力 F_n,F_t 和力矩 T_n,T_t 随着时步的增加,按照式(2-17)从零开始增加:

$$\left. \begin{array}{l} \delta F_n = -v_n S_n A \delta t \\ \delta F_t = -v_t S_t A \delta t \\ \delta T_n = -\omega_n S_t J \delta t \\ \delta T_t = -\omega_t S_n \dfrac{J}{2} \delta t \end{array} \right\} \tag{2-17}$$

式中，A 表示接触区域面积，$A=\pi R_{\mathrm{B}}^{2}$；$J=\dfrac{1}{2}\pi R_{\mathrm{B}}^{4}$，$R_{\mathrm{B}}$ 为黏结半径；S_{n} 和 S_{t} 分别为法向和切向刚度；δt 为时步；v_{n} 和 v_{t} 为颗粒的法向和切向速度；ω_{n} 和 ω_{t} 为法向和切向角速度。

当法向和切向应力超过某个定义的值时，黏结就被破坏。因此，定义法向和切向应力的最大值如下：

$$\left.\begin{array}{l}\sigma_{\max}<\dfrac{-F_{\mathrm{n}}}{A}+\dfrac{2T_{\mathrm{t}}}{J}R_{\mathrm{B}}\\[2mm]\tau_{\max}<\dfrac{-F_{\mathrm{t}}}{A}+\dfrac{T_{\mathrm{n}}}{J}R_{\mathrm{B}}\end{array}\right\} \tag{2-18}$$

这些黏结力和力矩是在标准的 Hertz-Mindlin 力之外又增加的。当模型中引入了这种黏结，颗粒间不再是自然的接触，接触半径应该设置的比这些球形粒子的实际接触半径大。这种模型只能用于两个颗粒之间。

3. 线性黏附接触模型

这种接触模型是通过增加 Hertz-Mindlin 接触模型的法向结合力来实现的。这个力的表示形式为

$$F=kA \tag{2-19}$$

式中，k 是黏附能量密度，其单位为 J/m³。这个力被加到传统的 Hertz-Mindlin 模型的法向接触力上。

这个模型中没有附加的切向力，但是相对于 Hertz-Mindlin 模型仍然有数值很大的无黏性法向力的增加，因此在产生滑移之前必须有一个数值更大的摩擦力加以阻挡。

4. 运动平面接触模型

运动平面接触模型用来模拟几何部件的线性运动（比如传送带的模拟）。整个部件是以相同的速率运动的。接触模型只是将线性速率添加在运动的几何部件的接触模型处（故整个几何部件实际上并未运动），并且接触模型也增加了接触的切向重叠量。这种接触模型应该只用于粒子-几何体之间的接触，切向重叠量计算步骤如下。

(1) 计算当前颗粒和几何体的相对速度：

$$v_{\text{old}}^{\text{rel}}=v_{\mathrm{P}}-v_{\mathrm{G}} \tag{2-20}$$

式中，v_{P} 为颗粒速度；v_{G} 为几何体速度。

(2) 计算当前切向速度：

$$v_{\text{t\_old}}^{\text{rel}}=v_{\text{old}}^{\text{rel}}-n(n\cdot v_{\text{old}}^{\text{rel}}) \tag{2-21}$$

式中，n 为接触点的法向单位矢量。

(3) 随着运动平面的速度变化，更新几何体的速度，并计算新的相对速度：

$$v_{\text{new}}^{\text{rel}}=v_{\mathrm{p}}-(v_{\mathrm{G}}+v_{\mathrm{M}}) \tag{2-22}$$

式中，v_{M} 为几何体速度增量。

(4) 计算新的切向速度：

$$v_{\text{t\_new}}^{\text{rel}}=v_{\text{new}}^{\text{rel}}-n(n\cdot v_{\text{new}}^{\text{rel}}) \tag{2-23}$$

(5) 切向重叠量的变化：

$$\delta=\delta+|v_{\text{t\_new}}^{\text{rel}}-v_{\text{t\_old}}^{\text{rel}}|T_{\text{step}} \tag{2-24}$$

式中，T_{step} 表示时步。

利用 Hertz-Mindlin 模型或线弹性模型，代入新的切向重叠量，计算出标准的接触力。

5. 线弹性接触模型

线弹性阻尼接触模型的基础是 Cundall 和 Strack 在 1979 年的研究成果。刚度为 k 的线性弹簧与阻尼系数为 c 的阻尼器并联，两颗粒之间的法向力 F_n 计算公式如下：

$$F_n = k\alpha + c\,\dot{\alpha} \tag{2-25}$$

式中，k 是弹簧的刚度系数；c 是阻尼器的阻尼系数；α 是重叠量；$\dot{\alpha}$ 是叠合速度。类似地，也可以求出切向力。

弹簧刚度和阻尼系数是模型中的参数，仿真的时步大小是通过弹性刚度来估算的。

弹簧的刚度系数和阻尼器的阻尼系数都可以将材料性质和运动约束结合起来计算。常用的方法是将理想的 Hertzian 模型中最大的应变能量 $E_{hertzian}$ 与实际模型中最大的应变能量 E_{max} 等同起来：

$$k = \frac{16}{15}R^{*\frac{1}{2}}E^* \left(\frac{15m^*\nu^2}{16R^{*\frac{1}{2}}E^*}\right)^{\frac{1}{5}} \tag{2-26}$$

对两个相同的球形颗粒，质量为 7.63×10^{-3} kg，半径为 9 mm，弹性模量为 2.6×10^8 Pa，碰撞速度为 3 m/s，则刚度 $k \doteq 2 \times 10^5$ N/m^2。

离散单元软件 EDEM 仿真时，冲击速度被看做是仿真中的特征速度。可以将这个速度作为仿真中的最大速度。例如，搅拌机以 ω rad/s 的速度运转，特征速度为 $r \cdot \omega$ m/s，其中 r 为搅拌机的半径。阻尼器的阻尼系数与恢复系数的关系为

$$c = \sqrt{\frac{4m^*k}{1 + \left(\frac{\pi}{\ln e}\right)^2}} \tag{2-27}$$

仿真时可以增加时步，然后调整合适的刚度，这样就不会有过大的重叠量。但是，当刚度与时步不是基于自然法则时，结果的精确度就不能保证。通常是基于材料特性来计算弹性系数，并在 EDEM 中调节时步。

线弹性模型由于计算步骤少而优于 Hertz-Mindlin 模型。然而两个模型中，在所有点上的接触力都是不连续的，并且由于相对速度很小，系统能量的损耗也不大。

与线弹性模型相比，应用相同刚度的颗粒，在 Hertz-Mindlin 模型中可以在相同的时步下获得较大的力，因此在线弹性模型中可以使用较大的时步。

6. 摩擦带电接触模型

当两个不同材料的颗粒相互接触时，就产生了摩擦电荷。由于相接触的两物体具有不同的电荷，当接触完成后就产生电荷的传递。

注意，当模型只受静电影响时，将其与可以进行力的操作的模型结合使用（例如 Hertz-Mindlin 无滑动接触模型）。

该模型中所应用的摩擦方程是 2000 年 Greason 所提出的。Greason 所描述的摩擦电荷模型是一个金属球从绝缘管道中滚过。方程如下：

$$\frac{dq}{dt} = \alpha(q_s - q) - \beta q \tag{2-28}$$

式中，q 是 t 时刻球上所带的电荷；q_s 是饱和电荷；α 和 β 分别是电荷产生和损耗的时间常数。根据式(2-28)可以得出

$$q(t) = q_s \frac{1}{1+\beta/\alpha} \left[1 - e^{-(\alpha+\beta)t}\right] \qquad (2-29)$$

电荷的损耗主要是由于大气粒子的冲击引起的，是一个相对缓慢的过程，可以忽略不计（即 $\beta \approx 0$），则有

$$q(t) = q_s(1 - e^{-\alpha t}) \qquad (2-30)$$

饱和电荷 q_s 是导致大气充分电离的表面电荷密度，它限制了电荷的增加。在标准温度和标准大气压下，电离的临界点是 30 000 V/cm 或者 3 000 000 V/m。转换为表面电荷密度为 2.66×10^{-5} C/m^2。为了获得 q_s，可以根据球形粒子的表面区域面积来倍增这个电荷密度。

2.3　软球模型和硬球模型

软球模型和硬球模型是目前常用的两类颗粒简化模型。软球模型把颗粒间法向力简化为弹簧和阻尼器，切向力简化为弹簧、阻尼器和滑动器，引入弹性系数和阻尼系数等参量，不考虑颗粒表面变形，依据颗粒间法向重叠量和切向位移计算接触力，不考虑接触力加载历史，计算强度较小，适合于工程问题的数值计算。硬球模型则完全忽略颗粒接触力大小和颗粒表面变形细节，接触过程简化为瞬间完成的碰撞过程，碰后速度直接给出，是接触过程中力对时间积分的结果，碰撞过程中能量的耗散采用恢复系数予以表达，硬球模型主要应用于快速运动、低浓度颗粒体系的数值模拟。

2.3.1　软球模型

如图 2-1 所示，软球模型把颗粒间接触过程简化为弹簧振子的阻尼振动，其运动方程为

$$m\ddot{x} + c\dot{x} + kx = 0 \qquad (2-31)$$

式中，x 是偏离平衡位置的位移；m 是振子质量；c 和 k 分别为弹簧阻尼系数和弹性系数。

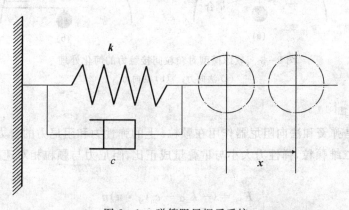

图 2-1　弹簧阻尼振子系统

从式(2-31)可以看出，颗粒所受恢复力和位移大小成正比，所受黏滞阻力与速度大小成正比，方向相反，因此弹簧振子能量逐渐衰减。随着阻尼的增大，弹簧振子分别呈现欠阻尼振

动、临界阻尼振动和过阻尼振动。

如图 2-2 所示,颗粒 i 在惯性或外力作用下在点 C 与颗粒 j 接触,虚线表示开始接触时颗粒 i 的位置。随着两颗粒相对运动,颗粒表面逐渐变形并产生接触力,软球模型不考虑该变形细节,仅计算法向重叠量 α 和切向位移 δ,进而得到接触力。

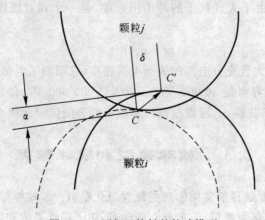

图 2-2 两相互接触的软球模型

软球模型在颗粒 i 和颗粒 j 间设定了弹簧、阻尼器、滑动器和耦合器等。耦合器用来确定发生接触的颗粒配对关系,不引入任何力。在切向,如果切向力超过屈服值,两颗粒在法向力和摩擦力作用下滑动,由滑动阻力器实现这一目的。软球模型需要引入弹性系数 k 和阻尼系数 c 等参数来量化弹簧、阻尼器、滑动器的作用,如图 2-3 所示。

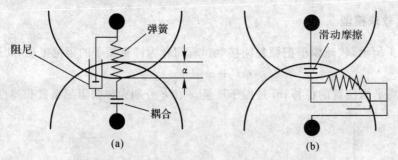

图 2-3 软球模型对颗粒间接触力的简化处理
(a) 法向力; (b) 切向力

1. 接触力计算[1]

法向力 F_{nij} 是弹簧和法向阻尼器作用在颗粒 i 上的弹性力和阻尼力的合力,如图 2-2 和图 2-3 所示。对于二维颗粒,弹性力大小与重叠量成正比,阻尼力与颗粒相对速度成正比,则 F_{nij} 表示为

$$F_{nij} = (-k_n\alpha - c_n v_{ij} \cdot n)n \qquad (2-32)$$

式中,α 是法向重叠量;v_{ij} 是颗粒 i 相对于颗粒 j 的速度,$v_{ij} = v_i - v_j$;n 是从颗粒 i 球心到颗粒 j 球心的单位矢量;k_n 和 c_n 是颗粒 i 的法向弹性系数和法向阻尼系数。

对于三维球形颗粒,根据 Hertz 接触理论,F_{nij} 表示为

$$F_{nij} = (-k_n\alpha^{\frac{3}{2}} - c_n v_{ij} \cdot n)n \qquad (2-33)$$

与式(2-32)类似,切向力 F_{tij} 表示为

$$F_{tij} = -k_t \delta - c_t v_{ct} \qquad (2-34)$$

式中,k_t 和 c_t 是切向弹性系数和切向阻尼系数;v_{ct} 是接触点的滑移速度;δ 是接触点的切向位移,在三维运动中并不一定与滑动速度矢量 v_{ct} 的方向一致。

滑动速度矢量 v_{ct} 为

$$v_{ct} = v_{ij} - (v_{ij} \cdot n)n + R_i \omega_i \times n + R_j \omega_j \times n \qquad (2-35)$$

式中,R_i 和 R_j 分别是颗粒 i 和颗粒 j 的半径;ω_i 和 ω_j 分别是颗粒 i 和颗粒 j 的角速度。

如果下列关系成立:

$$|F_{tij}| > \mu_s |F_{nij}| \qquad (2-36)$$

则颗粒 i 发生滑动,切向力为

$$F_{tij} = -\mu_s |F_{nij}| n_t \qquad (2-37)$$

式(2-37)就是库仑摩擦定律;μ_s 是静摩擦因数。

切向单位矢量 n_t 由下式确定:

$$n_t = \frac{v_{ct}}{|v_{ct}|} \qquad (2-38)$$

颗粒 i 受到的合力和合力矩为

$$F_{ij} = F_{nij} + F_{tij}, \qquad T_{ij} = R_i n \times F_{tij} \qquad (2-39)$$

当颗粒浓度较高时,颗粒 i 能同时与几个颗粒接触,则作用在颗粒 i 上的总力和总力矩为

$$F_i = \sum_j (F_{nij} + F_{tij}), \qquad T_i = \sum_j (R_i n \times F_{tij}) \qquad (2-40)$$

2. 弹性系数的确定

软球模型引入的弹性系数和阻尼系数与颗粒材料的弹性模量和泊松比等参数有关,但不能直接测量,需要标定。法向弹性系数 k_n 由 Hertz 接触理论确定:

$$k_n = \frac{4}{3} \left(\frac{1-\nu_i^2}{E_i} + \frac{1-\nu_j^2}{E_j} \right)^{-1} \left(\frac{R_i + R_j}{R_i R_j} \right)^{-1/2} \qquad (2-41)$$

式中,E 和 ν 分别是颗粒材料的弹性模量和泊松比;R 是颗粒半径;下标 i,j 分别代表发生接触的颗粒 i 和颗粒 j。

如果颗粒 i 和颗粒 j 属于同质材料且粒径相等,则 k_n 简化为

$$k_n = \frac{\sqrt{2R}E}{3(1-\nu^2)} \qquad (2-42)$$

切向弹性系数 k_t 由下式确定:

$$k_t = 8\alpha^{1/2} \left(\frac{1-\nu_i^2}{G_i} + \frac{1-\nu_j^2}{G_j} \right)^{-1} \left(\frac{R_i + R_j}{R_i R_j} \right)^{-1/2} \qquad (2-43)$$

式中,G_i 和 G_j 分别是颗粒 i 和颗粒 j 的剪切模量。

如果颗粒 i 和颗粒 j 属于同质材料且粒径相等,则 k_t 简化为

$$k_t = \frac{2\sqrt{2R}G}{(1-\nu^2)} \alpha^{1/2} \qquad (2-44)$$

在颗粒接触过程中,k_n 和 k_t 与法向重叠量有关,需要依据接触过程进行实时计算,但是计算量非常大。为了计算便捷,软球模型通常假设在整个接触过程中弹性系数和阻尼系数等都保持不变,忽略加载历史和变形等细节。

3. 阻尼系数的确定

质量为 m 的弹簧振子如果处于临界阻尼状态,则机械能以最快速度衰减,此时法向阻尼系数 c_n 和切向阻尼系数 c_t 分别为

$$c_n = 2\sqrt{mk_n} \tag{2-45}$$

$$c_t = 2\sqrt{mk_t} \tag{2-46}$$

另一种确定阻尼系数的方法是把阻尼系数与恢复系数 e 耦合在一起,其中 e 由实验测定

$$c_n = -\frac{2\ln e}{\sqrt{\pi^2 + \ln e}}\sqrt{mk_n} \tag{2-47}$$

2.3.2 硬球模型

在一些特定情况下,颗粒运动剧烈,或者颗粒稀疏,发生碰撞时不须考虑颗粒变形、接触力等细节,可以认为碰撞发生在瞬间,仅需确定碰撞后的速度即可,这种简化处理颗粒接触的模型就是硬球模型,显然碰后速度是颗粒接触过程中力与时间积分的结果。

硬球模型假设在任意时刻 t 颗粒 i 最多与另外一颗粒发生碰撞,碰撞点为两颗粒接触点。颗粒接触持续时间和颗粒两次碰撞间的自由运动时间的比值越小,颗粒物质越稀疏,硬球模型就越适合。

1. 一维碰撞[1]

如果颗粒 1 和颗粒 2 发生对心碰撞,碰前相对速度 v_{12} 为

$$v_{12} = v_1 - v_2 \tag{2-48}$$

两颗粒动量守恒,如发生弹性碰撞,还满足动能守恒,则有

$$v'_{12} = -v_{12}$$

对于非弹性碰撞,部分动能被耗散,相对速度减小,采用恢复系数 e 表示:

$$e = -\frac{v'_{12}}{v_{12}} \tag{2-49}$$

显然 $0 \leqslant e \leqslant 1$,当 $e=1$ 时两颗粒发生弹性碰撞,总能量保持不变;当 $e=0$ 时两颗粒发生完全非弹性碰撞,两颗粒粘连在一起运动;当 $0 < e < 1$ 时,颗粒发生非弹性碰撞。

由动量守恒和式(2-48),则有

$$m_1 v'_1 + m_2 v'_2 = m_1 v_1 + m_2 v_2 \tag{2-50}$$

$$v'_1 - v'_2 = -e(v_1 - v_2) \tag{2-51}$$

可以推出

$$v'_1 = v_1 - \frac{m^*}{m_1}(1+e)v_{12} \tag{2-52}$$

$$v'_2 = v_2 - \frac{m^*}{m_2}(1+e)v_{12} \tag{2-53}$$

式(2-52)和式(2-53)中,有效质量 m^* 为

$$m^* = \frac{m_1 m_2}{m_1 + m_2} \tag{2-54}$$

对于弹性碰撞($e=1$),如果两颗粒质量相等($m^*/m_1 = m^*/m_2 = 1/2$),那么两颗粒交换速度为

$$v_1' = v_2, \qquad v_2' = v_1, \tag{2-55}$$

2. 三维碰撞

如图 2-4 所示，颗粒相对速度为 $v_{12} = v_1 - v_2$，两颗粒发生碰撞时的法向单位矢量为

$$n = \frac{r_1 - r_2}{|r_1 - r_2|} = \frac{r_{12}}{|r_{12}|} \tag{2-56}$$

式中，$r_{12} = r_1 - r_2$ 是两颗粒发生碰撞时球心位置矢量。

相对速度的法向分量为

$$v_{12}^n = (v_{12} \cdot n)n \tag{2-57}$$

切向分量为

$$v_{12}^t = v_{12} - v_{12}^n \tag{2-58}$$

假设颗粒不旋转，碰撞前后切向分量不变，则有

$$(v_{12}^t)' = v_{12}^t \tag{2-59}$$

把法向碰撞等效为一维碰撞，法向碰撞后速度为

$$v' = -ev \tag{2-60}$$

得到两颗粒碰撞后速度为

$$v_1' = v_1 - \frac{m^*}{m_1}(1+e)(v_{12} \cdot n)n \tag{2-61}$$

$$v_2' = v_2 + \frac{m^*}{m_2}(1+e)(v_{12} \cdot n)n \tag{2-62}$$

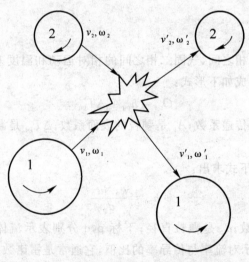

图 2-4　硬球模型中三维颗粒碰撞示意图

2.3.3　软球模型和硬球模型对比

软球模型采用弹性系数和阻尼系数对颗粒间接触力简化处理，通常假设在整个接触过程中各参数保持不变，忽略加载历史等细节，这样就直接按照颗粒间重叠量计算接触力，因此计算量明显减小。弹性系数和阻尼系数与可测的颗粒弹性模量和泊松比等物性参数有关，合理的标定是软球模型正确与否的关键。软球模型要首先确定法向弹性系数 k，切向弹性系数 k_t

与 k_n 存在一定的关联。软球模型中切向弹性系数 k_t 的标定更复杂,它不仅与切向相对位移有关,还与法向加载及其历史相关。软球模型对颗粒接触力的简化,不可避免地带来接触力数值加载历史的偏差,对接触力链的断裂-重构过程以及整个力链网络形态和强度造成影响,因此造成颗粒物质运动状态的差异,很可能无法细致反映颗粒物质对外界微小作用的敏感性、非线性响应、历史依赖性和自组织行为等基本性质。

硬球模型则完全不考虑颗粒受力变形等细节,采用恢复系数和摩擦因数予以描述,碰撞后速度的改变是碰撞过程中力对时间积分的结果。硬球模型不考虑颗粒接触变形,因而无法描述颗粒体系的内在物理机理。目前硬球模型主要应用于快速、低浓度颗粒流的模拟和本构关系的建立,但是快速、低浓度的颗粒流在自然界和工程中极少遇到。

硬球模型不考虑颗粒的接触变形。基于颗粒接触理论进行颗粒接触力计算,没有对接触过程作任何简化,适合颗粒物质力学的基础研究,其结果可以用来验证软球模型。软球模型中的法向和切向阻尼与模拟静力学问题时动态松弛中的人工阻尼不同。软球模型中的阻尼系数是对颗粒接触力学中能量耗散的描述,其大小表征了颗粒接触区域微观尺度上结构和分子间作用力的不可恢复形变的程度,具有明确的物理意义;而动态松弛法中的人工阻尼则是为了加速系统收敛于静止态而人为加上的阻尼,没有任何物理意义,可随意设定。

2.4　热传递理论

2.4.1　热对流

热对流发生在气固二相之间,气固二相之间的相对运动和温度差促进了热交换的进行。热量的简化表达式可以写成如下形式:

$$Q_{pq} = h_{pq} A_p \Delta T_{pq} \tag{2-63}$$

式中,Q_{pq} 是热量;h_{pq} 是热传递系数;A_p 是颗粒的表面系数;ΔT_{pq} 是温度差;下标 p,q 分别表示流体相和固体相。

热传递系数 h_{pq} 可由下式求出:

$$h_{pq} = \frac{\kappa_q Nu_p}{d_p} \tag{2-64}$$

式中,κ_q 是气体热传导系数;d_p 是颗粒直径;下标 p,q 分别表示流体相和固体相。努赛尔数 Nu_p 是一个无量纲数,表示对流率与传导率的比值,它通常是雷诺数和普朗特数的函数。

2.4.2　热传导

对于稀疏相仿真,对流热交换占据主导位置,颗粒与颗粒之间及颗粒与容器壁之间的热传导可以忽略不计。但是,对于密集相来说,颗粒之间的接触十分重要,必须考虑热传导。当对旋转容器中的颗粒流进行单一相 EDEM 仿真时,可以建立一个比较简单的热交换模型。热量表达式为

$$Q_{p1p2} = h_c \Delta T_{p1p2} \tag{2-65}$$

式中,h_c 为热传导系数,接触面积被合并在热传导系数内,其表达式为

$$h_{c} = \frac{4k_{p1}k_{p2}}{k_{p1} + k_{p2}} \left[\frac{3F_{N}r^{*}}{4E^{*}} \right]^{1/3} \qquad (2-66)$$

式中，F_{N} 为重力；r^{*} 为颗粒的几何平均半径；E^{*} 为等效弹性模量；等式右侧方括号中的内容表示颗粒之间的接触面积。

2.4.3　热辐射

辐射热传递与辐射能的交换有关，是由温度的不同引起的，它以电磁波的形式向外释放能量，波长范围为 $0.1 \sim 100\mu m$。在一个由有限体积方法确定的物理空间里，每一个体积不仅仅和它直接相邻的空间相互作用，而是和所有可见的单元发生作用。

根据 Stefan-Boltzmann 法则，可以得到颗粒向周围环境的净辐射热能表达式为

$$Q_{rad} = \sigma\varepsilon_{p}A_{p}(T_{p} - T_{local}) \qquad (2-67)$$

式中，σ 是 Stefan-Boltzmann 常数；A_{p} 是颗粒 p 的表面积；ε_{p} 是球形放射率；T_{local} 是颗粒周围附着粒子的平均温度。

式（2-67）可以满足近似求解颗粒和周围环境的净辐射热能，要求一个小的计算单元，它的周围是黑体，介质的光学黑度可以忽略不计。大多数双原子气体不能吸收热辐射能，然而燃烧过程产生的 CO_2 等气体可以吸收热辐射能。尽管如此，仍然可以假定在辐射热能传递过程中颗粒的作用比介质重要得多。

2.4.4　温度更新

当所有的热量计算过后，每个颗粒的温度变化可以由下式来求解：

$$m_{p}C_{p}\frac{dT}{dt} = \sum Q_{heat} \qquad (2-68)$$

式中，m_{p}，C_{p}，T 是颗粒的质量、比热和温度；等式的右侧表示对流热和传导热之和。

2.5　离散单元法的求解过程

在解决连续介质力学问题时，除了边界条件以外，有 3 个方程必须满足，即本构方程、平衡方程和变形协调方程。本构方程即物理方程，表征介质的应力和应变之间的物理关系，就颗粒介质而言，体现为颗粒接触模型中力与位移的关系。颗粒的运动要受到周围接触颗粒的阻力限制，在离散单元法中这种位移和阻力的规律就相当于物理方程，可以是线性的也可以是非线性的。同样地，平衡方程也需要满足，如果作用在颗粒上的合力和合力矩不为零，则根据牛顿第二定律计算。

离散单元法把离散体系统看做有限个离散单元的集合，根据其几何特征分为颗粒和块体两大系统，每个颗粒或块体为一个单元。进行离散单元法数值计算时，通过循环计算的方式，跟踪计算颗粒的移动状况。根据动态过程中每一时步各颗粒间的相互作用和牛顿运动定律的交替迭代来预测离散群体的行为。

每一次循环包括以下两个主要的计算步骤：

（1）由作用力、反作用力原理和相邻颗粒间的接触模型确定颗粒间的接触作用力和相对位移；

（2）由牛顿第二定律确定由相对位移在相邻颗粒间产生的新的不平衡力，直至要求的循环次数或颗粒移动趋于稳定或颗粒受力趋于平衡。

以上计算过程按照时步迭代遍历整个颗粒集合，直到每一颗粒都不再出现不平衡力和不平衡力矩为止。

离散单元法与连续介质理论对颗粒物质的描述不同。它不是建立在最小势能变分原理上，而是建立在基本的牛顿第二运动定律上。基于软球模型的颗粒离散元方法，根据颗粒间重叠量计算接触力，依此更新每个颗粒的速度和位置，进而确定性地演化整个颗粒系统，具体求解过程采用显式解法，用于动力问题的求解或动态松弛法的静力问题求解。一组是运动方程（牛顿运动方程），另一组是接触力方程（力和位移或位移增量的关系）。在进行计算时，先利用中心差分法将运动方程进行离散，然后在每个时步内进行一次迭代，根据前一次迭代所得到的颗粒位置，由物理方程求出接触力，作为下一次迭代的出发点，再用来求出颗粒的新位置，如此反复进行迭代，直至最后达到稳定流动为止。对于静力学问题，动态松弛法是把它转化为动力学问题求解，其实质是在时间逐步积分过程中加入人工黏性阻尼（比如质量阻尼或刚度阻尼）来耗散颗粒动能，直至每一个颗粒不再出现不平衡力和不平衡力矩，使得系统收敛于静态。基于硬球模型的颗粒离散单元法较为简单，当颗粒发生碰撞时直接由相关公式给出碰后速度，不需要计算接触力，其他步骤与基于软球模型的颗粒离散单元法相同。

和颗粒物质的连续介质理论相比，离散元模拟具有三个优势：首先，在没有可靠理论研究工业生产设备中颗粒运动行为的情况下，可首先采用离散元模拟，对结果进行分析，进而设计和优化设备；其次，较大规模实验往往费钱、费时，甚至有危险，采用离散元模拟能补充并替代部分实验；更重要的是基于离散元模拟可以得到实验不容易测得的数据，进而改进现有理论，更好地解决实际的工程问题。

2.5.1 颗粒接触的搜索

模拟颗粒物质静态和运动行为时，需要根据颗粒间重叠量计算接触力，依此更新每个颗粒的速度和位置，进而确定性地演化整个颗粒体系，因此需要依据颗粒位置频繁计算颗粒是否发生重叠，计算强度巨大，高效地搜索颗粒间的接触就尤为重要。

目前常用的方法是划分网格，亦即将整个计算区域划分成若干正方形网格，其边长 l_{box} 与颗粒最大直径 d_{max} 的关系为

$$d_{max} < l_{box} < 2d_{max} \tag{2-69}$$

根据颗粒占据的位置，把颗粒分配到相应网格中。如图 2-5 所示，颗粒 A 在网格 3 中，颗粒 B 在网格 5，6，8 和 9 中，颗粒 C 分布在网格 7 和 8 中，颗粒 D 在网格 9 中。这样每一个颗粒对应到至少一个网格中，对于二维颗粒中一个颗粒最多占据 4 个网格（颗粒 B）。在检索某颗粒是否与其他颗粒发生接触时，只需对落在该颗粒网格中的其他颗粒进行计算即可，如图 2-5 中所示的颗粒 B 和 C，属于网格 8，则可能会发生接触，而颗粒 C 和 A 则不会发生碰撞。这种网格法简洁明了，易于程序实现和并行化。

接触快速检索技术是提高颗粒离散元模型计算效率的关键。现行离散元模型中颗粒的接触检索关系采用粗判与细判两个阶段。粗判阶段是将系统所占据的空间分割成三维立方体网格，同时每个颗粒赋予特定的一个立方体，建立起颗粒所占据网格与相邻网格可能接触关系的识别方法；接触检索的细判则是对于相邻的网格中的颗粒进行检索距离判断，最终确定接触与否。上述接触检索算法是迄今效率最高的快速算法，然而接触检索关系的搜索仍然是颗粒离散元分析中最耗费机时的部分。改进接触检索算法，提高检索效率与准确性是颗粒离散元模型的重要课题。

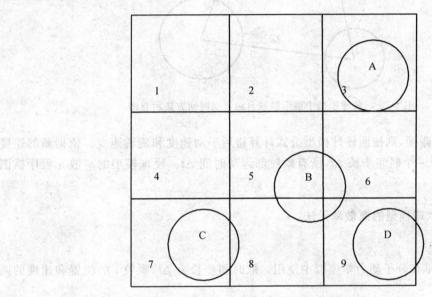

图 2-5　颗粒接触搜索的网格法

2.5.2　基于硬球模型的离散单元法

硬球模型和软球模型对颗粒间接触力的简化程度不同，相应的算法也有所不同。在硬球模型中，两颗粒间发生瞬时碰撞，在网格法搜索的基础上，对处于同一网格的颗粒，计算颗粒发生碰撞所需要的时间，选出整个计算区域中颗粒发生碰撞所需要的最小时间作为更新所有颗粒位置和速度的时间步长，避免了由于选取较大固定时间步长而遗漏某些碰撞所造成的误差。图 2-6 给出了硬球模型中颗粒碰撞的示意图，颗粒自由运动时间为

$$t = \left\{ r_{ab} v_{ab} - \sqrt{(r_{ab} \cdot v_{ab})^2 - v_{ab}^2 \left[r_{ab}^2 - (r_a + r_b)^2 \right]} \right\} / v_{ab}^2 \tag{2-70}$$

式中，$r_{ab} = r_a - r_b$，$v_{ab} = v_a - v_b$，r_a，r_b 是处于同一网格中颗粒 a 和颗粒 b 质心位置矢量；v_a，v_b 是颗粒 a 和颗粒 b 的质心速度矢量。

颗粒发生碰撞的充要条件是

$$\left. \begin{array}{l} r_{ab} \cdot v_{ab} < 0 \\ (r_{ab} \cdot v_{ab})^2 - v_{ab}^2 \left[r_{ab}^2 - (r_a + r_b)^2 \right] \geqslant 0 \end{array} \right\} \tag{2-71}$$

则颗粒系统时间步长为

$$\Delta t = \min(t) \tag{2-72}$$

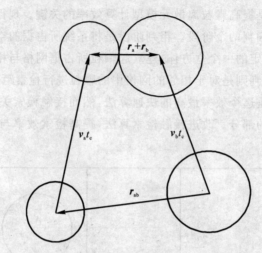

图 2-6　硬球模型中确定颗粒自由运动时间方法示意图

如两颗粒发生碰撞,则按照硬球模型公式计算碰后平动速度和旋转速度。依据新的速度和颗粒位置,判断下一个时间步长 Δt,所有颗粒都运动时间 Δt。硬球模型的离散元程序框图如图 2-7 所示。

2.5.3　基于软球模型的离散单元法

1. Verlet 算法[1]

Verlet 算法较早在分子动力学模拟中使用。取时间步长为 Δt,颗粒 i 的位置和速度的两阶泰勒级数为

$$r_i(t+\Delta t) \approx 2r_i(t) - r_i(t-\Delta t) + \frac{1}{m_i}F_i(r_i(t))\Delta t^2 \qquad (2-73)$$

$$v_i(t) \approx \frac{1}{2\Delta t}[r_i(t+\Delta t) - r_i(t-\Delta t)] \qquad (2-74)$$

这是颗粒位置和速度随时间步长 Δt 的递推公式。

Verlet 算法存储要求适度并且容易编程,但它的一个缺点是颗粒 i 的 $r_i(t+\Delta t)$ 要通过小项 Δt^2 与非常大的两项 $2r_i(t)$ 与 $r_i(t-\Delta t)$ 的相减得到,容易造成精度损失。从式(2-73)和式(2-74)可以看出,方程中没有显式速度项,在下一时步的位置没有得到之前,不能得到速度项,并且它不是一个自启动算法,新位置必须由 t 时刻与前一时刻($t-\Delta t$)的位置得到。Verlet算法的全局误差为 $O(\Delta t^2)$ 量级,这说明如果 Δt 减小为原来的 1/10,则误差将减小为原来的 1/100 倍;同时通过适当地选择 Δt,累积误差可控制在很小的范围内。

目前,Verlet 算法是基于软球模型的颗粒离散元方法中颗粒速度和位置求解的常用方法。

2. 静力问题的实现

假设在一时间步长 Δt 内颗粒间作用力不变,依据牛顿运动定律得到颗粒的运动方程以欧拉算法为例:

$$F_i(t) + mg_i - \beta_g v_i(t) = m\frac{\Delta v_i}{\Delta t} \qquad (2-75)$$

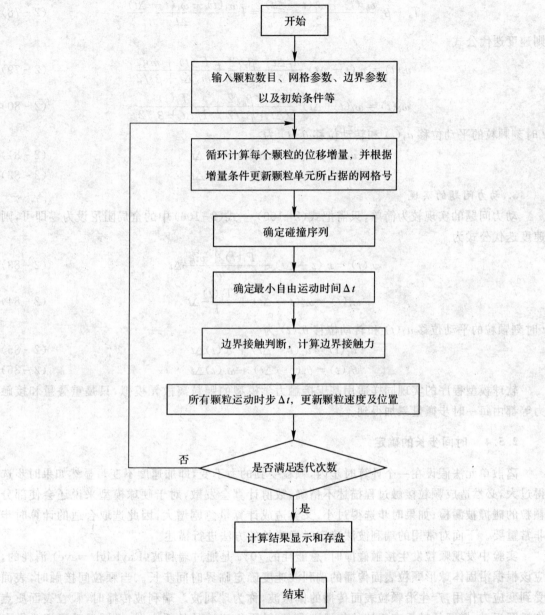

图 2-7　基于硬球模型的颗粒离散元模拟流程图[1]

$$T_i - \beta_g \omega_i(t) = I \frac{\Delta \omega_i}{\Delta t} \qquad (2-76)$$

式中，$i=1,2,3$ 分别表示沿 x,y,z 三个坐标方向的分量；$F_i(t)$ 是 t 时刻颗粒受到的合力；g_i 是重力加速度在方向 i 上的分量；β_g 为全局阻尼系数，是动态松弛法中加入的人工阻尼；$v_i(t)$ 是 t 时刻颗粒的平动速度分量；m 是颗粒的质量；T_i 是由接触力引起的合力矩；$\omega_i(t)$ 是 t 时刻颗粒的转动速度；I 是颗粒转动惯量。

$$F_i + mg_i - \beta_g \frac{v_i(t) + v_i(t - \Delta t)}{2} = m \frac{v_i(t) - v_i(t - \Delta t)}{\Delta t} \qquad (2-77)$$

$$T_i - \beta_g \frac{\omega_i(t) + \omega_i(t - \Delta t)}{2} = I \frac{\omega_i(t) - \omega_i(t - \Delta t)}{\Delta t} \tag{2-78}$$

则速度迭代公式

$$v_i(t) = v_i(t - \Delta t) \frac{m/\Delta t - \beta_g/2}{m/\Delta t + \beta_g/2} + \frac{F_i(t) + mg_i}{m/\Delta t + \beta_g/2} \tag{2-79}$$

$$\omega_i(t) = \omega_i(t - \Delta t) \frac{I/\Delta t - \beta_g/2}{I/\Delta t + \beta_g/2} + \frac{T_i(t)}{I/\Delta t + \beta_g/2} \tag{2-80}$$

t 时刻颗粒的平动位移 $u_i(t)$ 和转动位移 $\theta_i(t)$ 为

$$u_i(t) = u_i(t - \Delta t) + v_i(t)\Delta t \tag{2-81}$$

$$\theta_i(t) = \theta_i(t - \Delta t) + \omega_i(t)\Delta t \tag{2-82}$$

3. 动力问题的实现

动力问题的实现较为简单,只需把式(2-100)~式(2-106)中的全局阻尼设为零即可,则速度迭代公式为

$$v_i(t) = v_i(t - \Delta t) + \frac{F_i(t) + mg_i}{m}\Delta t \tag{2-83}$$

$$\omega_i(t) = \omega_i(t - \Delta t) + \frac{T_i(t)}{I}\Delta t \tag{2-84}$$

t 时刻颗粒的平动位移 $u_i(t)$ 和转动位移 $\theta_i(t)$ 为

$$u_i(t) = u_i(t - \Delta t) + v_i(t)\Delta t \tag{2-85}$$

$$\theta_i(t) = \theta_i(t - \Delta t) + \omega_i(t)\Delta t \tag{2-86}$$

软球模型程序的实现同样适用基于接触力学模型的颗粒离散元模拟,只是重叠量和接触力等都由每一时步微量累加得到。

2.5.4 时间步长的确定

离散单元法假设在一个计算时步内,颗粒受到的力不变,即加速度不变。显然如果时步选得过大,必然造成颗粒接触过程描述不精确,数值计算会发散,对于硬球模型来说还会使部分颗粒的碰撞被漏检;如果时步选得过小,又会造成计算量急剧增大,因此选取合适的计算时步非常重要。下面对常用的瑞利波法确定时间步长的方法进行描述。

实验中发现颗粒发生接触碰撞时,总能耗的 70% 是通过瑞利波(Rayleigh wave)消耗的,应该根据沿固体球形颗粒表面传播的瑞利波速度确定临界时间步长。当颗粒间接触时,表面受到变应力作用,产生沿颗粒表面传播的偏振波,称为瑞利波。瑞利波传播时,颗粒表面质点作椭圆运动,椭圆长轴垂直于波的传播方向,短轴平行于波的传播方向;椭圆运动可视为纵向振动与横向振动的合成,即纵波与横波的合成。瑞利波传播时,在表面上的能量最强,随着深度的增加而显著减弱。各向同性材料中,瑞利波振幅按指数规律衰减;各向异性材料中则随深度呈振荡衰减,振荡幅度包络线呈指数关系。一般来说,当传播深度超过两倍波长时,振幅已经很小。

弹性固体颗粒表面的瑞利波波速为

$$v_R = \beta \sqrt{\frac{G}{\rho}} \tag{2-87}$$

式中,G 和 ρ 是颗粒材料的剪切模量和密度;$\sqrt{\dfrac{G}{\rho}}$ 是该弹性颗粒内横波波速,ρ 是瑞利波方程的

根，则有

$$(2-\beta^2)^4 = 16(1-\beta^2)\left[1 - \frac{1-2\nu}{2(1-\nu)}\beta^2\right] \tag{2-88}$$

β 的近似解为

$$\beta = 0.163\nu + 0.877 \tag{2-89}$$

瑞利波波速进一步写为

$$v_R = (0.163v + 0.877)\sqrt{\frac{G}{\rho}} \tag{2-90}$$

两颗粒间的接触作用应仅限于发生碰撞的两颗粒上，而不应该通过瑞利波而传递到其他颗粒上，则时间步长应小于瑞利波传递半球面所需要的时间

$$\Delta t = \frac{\pi R}{v_R} = \frac{\pi R}{0.163v + 0.877}\sqrt{\frac{\rho}{G}} \tag{2-91}$$

不同颗粒组成的系统，时间步长为[1]

$$\Delta t = \pi\left[\frac{R}{0.163v + 0.877}\sqrt{\frac{\rho}{G}}\right]_{\min} \tag{2-92}$$

式(2-116)是颗粒处于静止或颗粒间相对速度较小得到的，在颗粒运动不剧烈情况下，采用上述公式确定的时间步长 Δt，可以保证颗粒系统演变的计算稳定性。在实际计算时，要依据颗粒运动剧烈程度选取合适的时间步长以保证数值计算的稳定性，比如时间步长为(0.01 ~ 0.1)Δt。

第3章　EDEM 的基本应用

EDEM 是基于离散单元法的通用 CAE 分析软件,用于对工业生产中颗粒处理和操作系统进行模拟和分析。使用 EDEM 可以简单快捷地创建固体颗粒系统的参数化模型,通过导入真实颗粒的 CAD 模型来准确描述固体颗粒的形状,添加物料力学性质和其他物理性质来建立颗粒模型,所创建的颗粒模型能够存入数据库中以便重复使用。

EDEM 能够管理和存储每一个颗粒的所有相关信息,包括质量、速度以及作用在颗粒上的作用力的信息。EDEM 能处理几乎所有形状的颗粒,而不是将所有颗粒都近似成球体。在后处理操作中,EDEM 具有丰富的数据分析工具,可以对颗粒流进行 3D 可视化动态显示并创建相应的 Video 文件。

利用 EDEM 粒子工厂技术(Particle Factory TM)可以高效地生成颗粒集合,其中机器的形状可以直接从 CAD 或其他 CAE 软件导入固体模型或网格模型。多个机械部件可以分别导入,然后在 EDEM 中集合成一个部件,可分别指定各部件的运动特性。

通过和其他先进的 CAE 分析软件进行联合仿真,EDEM 可以进行颗粒系统与流体、结构和电磁等交互作用的模拟和分析。

3.1　EDEM 基础

EDEM 由三个模块构成:前处理器、求解器和后处理工具。其中前处理器用于创建和初始化离散元模型,求解器进行模拟仿真和计算,后处理工具提供了对仿真结果进行显示和分析的功能。

3.1.1　EDEM 用户界面

EDEM 的用户界面如图 3-1 所示。通过点击工具栏上相应的模块按钮即可进入相应的模块。每一个模块的用户界面的布局方式都是一致的,由标签面板(Tabs Pane),显示窗口(Viewer),显示控制(Viewer Controls)和数据浏览器(Data Browser)等部分组成。

标签面板位于 EDEM 窗口的左侧,由几个相互独立的面板组成,每一个面板的内容随当前激活的模块而改变。

显示窗口描述粒子系统和几何体的 3D 实体模型,用鼠标控制显示窗口中模型的方向、位置和缩放,显示窗口左下角的箭头表示坐标轴方向:红色(X)、绿色(Y)和蓝色(Z)。按住鼠标左键并拖动可移动模型,按住鼠标右键并拖动可对模型进行旋转,按住 Shift+鼠标左键可以只沿 Y 轴旋转,按住鼠标中键然后前后移动鼠标可对视图进行缩放。类似地,当按下 Ctrl+鼠标中键时可缩小显示窗口中的模型。可通过菜单中的"选项>鼠标设定"来对上述模型操作的鼠标按键进行自定义。

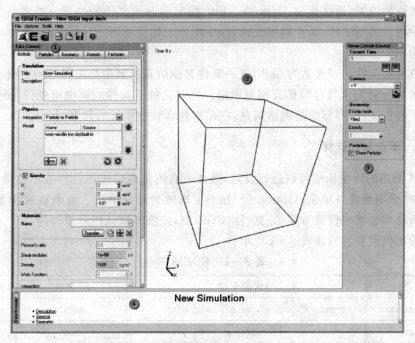

图 3-1　EDEM 软件的用户界面

显示控制包含的是控制模型如何显示的各种选项。例如颗粒系统的线框显示模型或填充显示模式切换或几何体的不透明度等。

数据浏览器中的内容是 html 格式的网页文档,用以显示当前显示窗口中的模型等物体的详细信息。例如粒子系统的属性和相互间的碰撞作用或者几何体部分的尺寸。每一部分的内容随当前激活的模块而改变。

EDEM 软件的用户界面与常见的 Windows 风格的程序一致,可以按照用户的要求进行相关的设置。标签面板、显示控制和数据浏览器的窗口都可单独地浮动或者固定。默认值选项所有窗口都是固定的,可通过双击标题栏将其移放到窗口的任何位置,同样双击其标题栏也可以将其放回原来位置或者放在视窗的左边或者右边或者底部。右键点击工具栏的任意位置,将列出相对应的下拉菜单,通过选择(或反选)某个面板能控制面板的打开(或关闭),同时可通过点击其上边显示的关闭按钮来关闭面板。

3.1.2　EDEM 文件类型

EDEM 软件在运行过程中会读入、产生和输出各种数据文件。

其中扩展名为.dem 的文件是数据文件,存储仿真的相关数据。扩展名为.dem.cfg 的文件是配置文件,仿真的相关配置信息存储在这一文件中。扩展名为.idx 的文件是一种索引性质的文件,对 dem 文件进行索引。以上三种类型的文件是每一仿真模型必建的,在执行输出粒子操作时也会生成这些文件。

扩展名为.dem.scn.n 的文件是数据文件,其中的 n 表示数字,这种类型的文件是仿真数据的附加文件,当 dem 文件的大小超过 1.5 GB 时创建这种类型的文件。扩展名为.dll 的文件是动态库文件,用户在使用自定义的接触模型插件、粒子工厂插件和粒子体力插件时需要指定动态库文件的位置,通过菜单 Options＞File 指定动态库文件的位置。扩展名为. fluent 的文件是一种指针类型文件,属于隐藏文件,位于用户工作目录下,存储 FLUENT scheme 文件所在位置的相关信息。

材料数据库文件的扩展名为. ddb,这一文件存储仿真模型中相关材料的数据。

扩展名为. ppf 的文件存储仿真模型中用户自定义粒子属性的详细信息;扩展名为. ptf 的文件是粒子模板文件,存储的是网格信息,在保存包含粒子模板的数据时创建。

3.1.3 单位制的选择

EDEM 使用的计量单位可以进行设定,默认所有测量单位按国际标准单位计量。选择菜单中的命令"选项设置＞单位[Options＞Units]"来改变计量单位。可单独地设置各个单位,或者可将所有单位统一设置为厘米-克-秒(CGS)制,或恢复默认国际单位制。

相关的单位设置选项如表 3-1 所示。

表 3-1　EDEM 单位

属　性	可选的单位	SI 单位	CGS 单位
Acceleration	mm/s^2, cm/s^2, m/s^2, in/s^2, ft/s^2	m/s^2	cm/s^2
Angle	rad, deg	rad	rad
Angular Acceleration	rad/s^2, deg/s^2	rad/s^2	rad/s^2
Angular Velocity	rad/s, deg/s, rpm	rad/s	rad/s
Charge	C	C	C
Density	g/cm^3, kg/m^3, lb/in^3, lb/ft^3, $slug/ft^3$	kg/m^3	g/cm^3
Energy	J, erg, kwh, btu, ft $\cdot$ lbf, in $\cdot$ lbf	J	erg
Force	N, dyn, kgf, lbf, gf	N	dyn
Frequency	Hz, kHz, mHz	Hz	Hz
Length	mm, cm, m, in, ft	m	cm
Mass	mg, g, kg, lb	kg	g
Moment of Inertia	lb $\cdot$ ft^2, kg $\cdot$ m^2, g $\cdot$ cm^2, lb $\cdot$ in^2, slug $\cdot$ ft^2	kg $\cdot$ m^2	g $\cdot$ cm^2
Shear Modulus	Pa, Psi	Pa	Pa
Stiffness	N/m, lb/ft	N/m	N/m
Stress	Pa, N/m^2, lb/in^2	Pa	Pa
Time	s, min	s	s
Torque	N $\cdot$ m, Dyne $\cdot$ cm, gf $\cdot$ cm, kgf $\cdot$ m, lbf $\cdot$ in, lbf $\cdot$ ft	N $\cdot$ m	Dyne $\cdot$ cm
Velocity	mm/s, cm/s, m/s, in/s, ft/s, ft/min	m/s	cm/s
Volume	mm^3, cm^3, m^3, in^3, ft^3, L	m^3	cm^3
Work Function	J, eV	J	J
Temperature	K, °C	K	K
Heat Flux	W, J/s	W	W

3.2　前　处　理　器

EDEM 前处理器(Creator)用来创建和初始化模型。在这一模块中执行创建粒子和机器部件、输入粒子和机器部件的几何模型、定义模型的各项参数等任务。

通过点击工具栏上的 ![按钮] 按钮可以进入前处理器模块。进入前处理器模块后的界面如图 3-2 所示,包括标签面板(Tabs[Creator])、显示窗口(Viewer)、显示控制(Viewer Controls [Creator])、数据浏览器(Data Browser)、工具条和菜单栏六部分。

标签面板位于 EDEM 窗口的左边,它包含以下几个子面板:全局设置(Globals)、粒子系统(Particles)、几何体(Geometry)和粒子工厂(Factories)。

显示窗口显示当前粒子系统和机器部件的 3D 实体模型,通过使用鼠标来控制显示窗口中模型的方位、位置和缩放。

显示控制中的各个选项控制模型如何在显示窗口中显示,其内容随标签面板中当前激活的面板的改变而变化。详细的选项如表 3-2 所示。

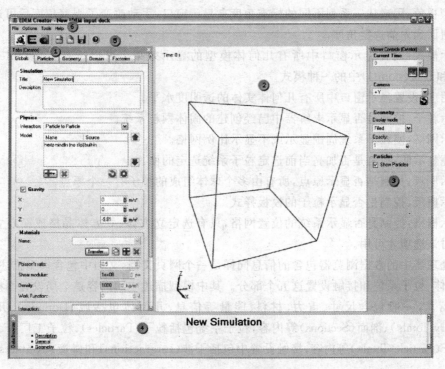

图 3-2　EDEM 前处理器界面

表 3-2　EDEM 显示控制选项

	Globals	Particles	Geometry	Factories
当前时间(Current Time)	√	√	√	√
模型视角(Camera)	√	√	√	√

续 表

	Globals	Particles	Geometry	Factories
显示模式(Display mode)	√		√	
透明度(Opacity)	√		√	
显示粒子(Show particles)	√		√	√
显示网格(Show grids)		√		
高亮显示面(Highlight surface)		√		
显示原点(Show origin)		√		
显示模板(Show template)		√		
显示栅格(Display lattice)				√

当前时间：它是所有仿真时间步的列表，当前选定时间步显示在显示窗口中。

模型视角：用来从一系列不同的标准角度来显示窗口，手动改变了观察角度后可通过按下复位按钮回到先前选定角度。

显示模式：设置显示窗口中所有几何体模型的显示效果。可以选择实体(filled)、线框(mesh)和点状(points)中的一种模式。

透明度：设置显示窗口中所有几何体实体的透明度水平。

显示粒子：控制是否显示求解器中已经创建的固体颗粒系统。

显示网格：使粒子系统周围显示或不显示比例网格。

高亮显示面：控制是否加亮当前选定粒子系统选定的面。

显示原点：控制是否显示原点，所有由多个球体组成的粒子有一个原点。

显示模板：控制是否显示粒子的模板样式。

显示栅格：控制是否显示系统的位置网格，只有选定立方体、立方体晶格或面心立方体网格定位时该选项才可用。

前处理器中的数据浏览器包含的信息同样是一个网页文档，文档中包含模型描述、一般信息、几何体、粒子系统和接触设置这五个部分。其中模型描述中的内容是全局设置面板中定义的相关信息，一般包含尺寸、重力、材料、能量等信息，几何体包括域(Domain)、几何信息(Geometry Totals)、剖面(Sections)等内容，粒子系统包括粒子(Particles)、粒子工厂(Factories)、所有粒子(Particle Totals)等内容，接触设置中包括干涉(Interactions)和碰撞(Contacts)两部分内容。

3.2.1 全局设置子面板

前处理器模块的标签面板中的全局设置(Globals)子面板的界面如图 3 - 3 所示。主要由 Simulation，Physics，Gravity，Materials 四个部分组成。

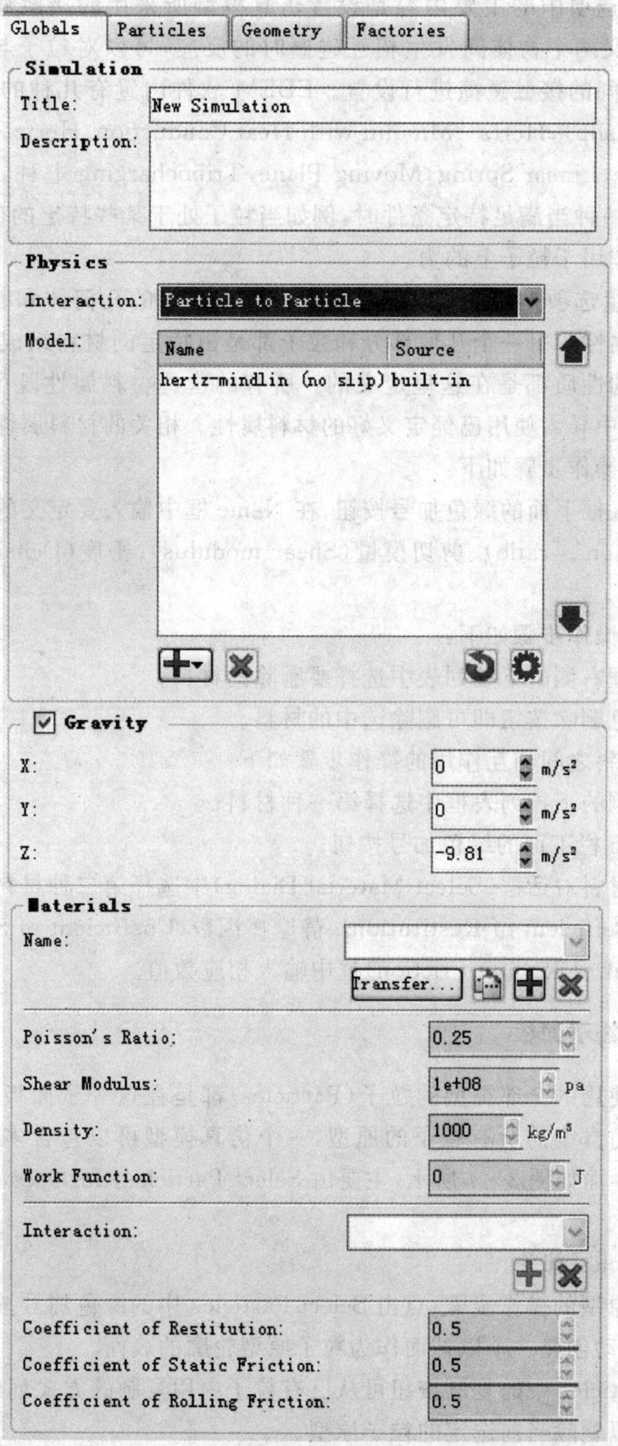

图 3-3 前处理器的全局设置子面板

Simulation 中主要包含了 Title 和 Description 两个文本框,分别用来设定仿真模型的标题和对仿真模型进行概括性的描述,这些信息将出现在数据浏览器中。

Physics 这一组选项中的主要内容是设置仿真模型所采用的接触碰撞模型。接触模型(Contact Model)定义两个物体间发生相互碰撞时的反应,可以对粒子与粒子之间的接触碰撞、粒子与几何体之间的接触碰撞进行设置。EDEM 软件内置有几种的接触碰撞模型,包括 Hertz – Mindlin(no slip),Hertz – Mindlin with Heat Conduction,Hertz – Mindlin with Bonding,Linear Cohesion,Linear Spring,Moving Plane,Tribocharging 七种。粒子体积力(Particle Body Forces)是一种当满足特定条件时,例如当粒子处于某些特定的位置又或者粒子以一定的速度运动时的作用于粒子上的力。

Materials 这一组选项中的主要内容是设置仿真模型中的几何体和粒子的材料属性以及相互之间的作用的属性。每一个几何部分和粒子都是由特定的材料组成的,所有的材料和它们之间的相互作用的性质都是在这里定义的。所有的这些材料属性既可以在模型中直接定义,也可以从材料库中导入使用已经定义好的材料属性。相关的材料属性存储在仿真模型中。

(1)添加材料的操作步骤如下:

点击 Name 输入框下面的绿色加号按钮,在 Name 框中输入要定义的材料的名称;

在泊松比(Poisson's ratio)、剪切模量(Shear modulus)、密度(Density)框中输入相应的参数。

(2)删除材料的操作步骤如下:

在 Name 输入框右侧的下拉列表中选择要删除的材料;

点击下部的红色删除按钮即可删除选中的材料。

(3)定义两种材料之间相互作用的操作步骤如下:

在 Name 栏右侧的下拉列表框中选择第一种材料;

点击 Interaction 栏下面的绿色加号按钮;

在弹出的选择材料对话框(Select Material Dialog)中选择第二种材料;

在恢复系数(Coefficient of Restitution)、静摩擦因数(Coefficient of Static Friction)、滚动摩擦因数(Coefficient of Rolling Friction)框中输入相应数值。

3.2.2　粒子系统子面板

一个仿真中所使用的全部类型的粒子(Particles)都是在这一子面板中定义的,在这里定义的粒子相当于是仿真中的所有粒子的原型,一个仿真模型可以包含多种不同类型的粒子。Particles 子面板的界面如图 3 - 4 所示,主要由 Select Particles,Surfaces,Properties 等几部分组成。

(1)Select Particles 部分。

创建新的粒子原型的操作步骤:点击 Select Particles 中的绿色加号按钮,在 Name 框中输入一个名称,程序自动创建一个以球面作为粒子原型轮廓的表面。

点击 Select Particles 中的复制按钮可从已有粒子中用复制的方式创建新的粒子原型。点击红色叉号按钮可以删除当前选定的粒子原型。

输入粒子原型的操作:在 EDEM 中创建的任意粒子可以导出,并被另一 EDEM 模型使用;通过单击 Select Particles 中的 Import 按钮,在弹出的对话框中选择相应模型文件即可导入已创建的粒子。

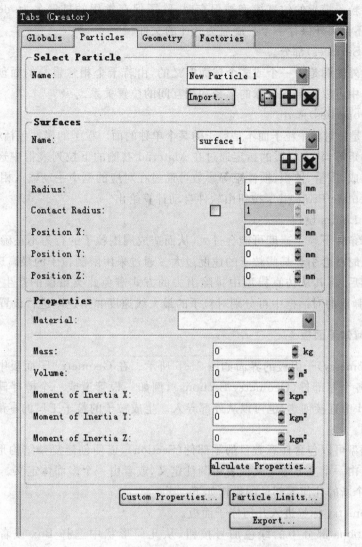

图 3-4　前处理器中的粒子系统子面板

（2）使用粒子模板（Particle Template）。

EDEM 中对不规则形状的粒子的处理是通过多个球面组合的方式完成的。当模型中包含多个球组合而成的粒子时，建议使用模板（Template）来辅助完成创建粒子原型的过程。模板是一个在其他软件中创建的反映复杂粒子形状的三维中性文件，这一文件可以是以下几种格式：IGES，STEP，Pro/E，EDEM Geometry，Fluent Mesh，STL，ACIS V11，Parosolid，CATIA。

（3）使用模板的操作步骤如下：

1）在菜单栏中选择 Tools>Particle Display 菜单项。

2）点击 Import 按钮，在弹出的对话框中选择要输入到 EDEM 中作为模板的对应文件。

3）在视图控制中选中显示模板（Show Template）选项，并从下拉列表框中选择相应的模板。

4）创建和模型外轮廓相吻合的表面组（Surfaces）。

当一个包含粒子模板的仿真模型被保存时,除了保存常用的扩展名为.dem,.cfg 和.idx 的三个文件外,还会额外保存一个扩展名为.ptf 的文件。

(4)表面组(Surfaces)部分。

每个粒子的外轮廓是由一个或多个球面定义的,由若干个相互重叠的面创建多球面的粒子。在这一部分中可以指定各个球的半径和相互间的位置关系。

(5)属性(Properties)部分。

粒子的属性是针对整个粒子而不是粒子的某个单独的面。粒子的属性包括材质(Material)、质量、体积、惯性矩等,其中材质的指定通过在 Material 右侧的下拉列表框中选定之前已创建的材料模型来完成,质量、体积、惯性矩等参数可通过在对应的框中手动输入相应的数值,也可以通过单击 Calculate Properties 按钮由软件自动计算给出。

(6)Particle Limits 设置。

在某些仿真条件下粒子速度可能会过大,从而造成周围粒子的行为不正确,例如当仿真时间步长设置太长时就会引起某些粒子的速度过大。通过采用限制粒子的最高速度或当粒子速度超过某一限值后,将其从仿真模型中排除出去的方式避免此类错误的产生。单击 Particle Limits 按钮,在弹出的对话框中可分别对粒子的最大线速度和角速度进行设置。

3.2.3 几何体子面板

几何体(Geometry)子面板的界面如图 3-5 所示。在 Geometry 子面板中创建粒子运动所处的环境,即各个零部件(Geometry Sections),例如一根管道或一个搅拌筒。这些零部件既可以在 EDEM 中直接创建,也可以从外部导入。生成粒子的粒子工厂的零部件也是在这一子面板中定义的。

一个仿真模型可以包含任意数目的零部件(Section),以便创建复杂结构形式的机械。每一个零部件可以由一个立方体定义或者由圆柱定义,或者由一个多面体定义。

(1)创建一个新的几何零部件的操作如下:

1)点击 Geometry 标签进入几何体子面板。

2)点击 Sections 部分中的绿色加号按钮,从几何形状中选择 Box 或者 Cylinder 或者 Polygon。

3)在 Name 域中输入所创建的零部件的名称。

新创建的 Section 在视窗中显示。注意某些 Section 的缺省大小可能会比较小,在视窗窗口中可能看不到。

4)在 Details 中指定体积(Volume)属性、材料属性(Material)、类型(Type)及质心数据。其中 Section 的类型(Type)分为两类:一类为 Physical 的,一类为 Virtual 的。Physical 类型的 Section 是一实际存在的 surface 或者 volume,在仿真中粒子与其可能发生碰撞作用,而 Virtual 类型的 Section 一般是用来作为生成粒子的粒子工厂的,其实际并不存在,在仿真中粒子不和其发生任何作用。

5)在 Dynamics 中指定 Section 的动态特性。几何 Section 在一个仿真中可以是静态的(Static),也可以是动态的(Dynamic)。静态 Section 在整个仿真过程中不发生位置变动,而动态的 Section 会发生移动或者转动。可以给不同的 Section 单独指定移动速度或者转动速度。

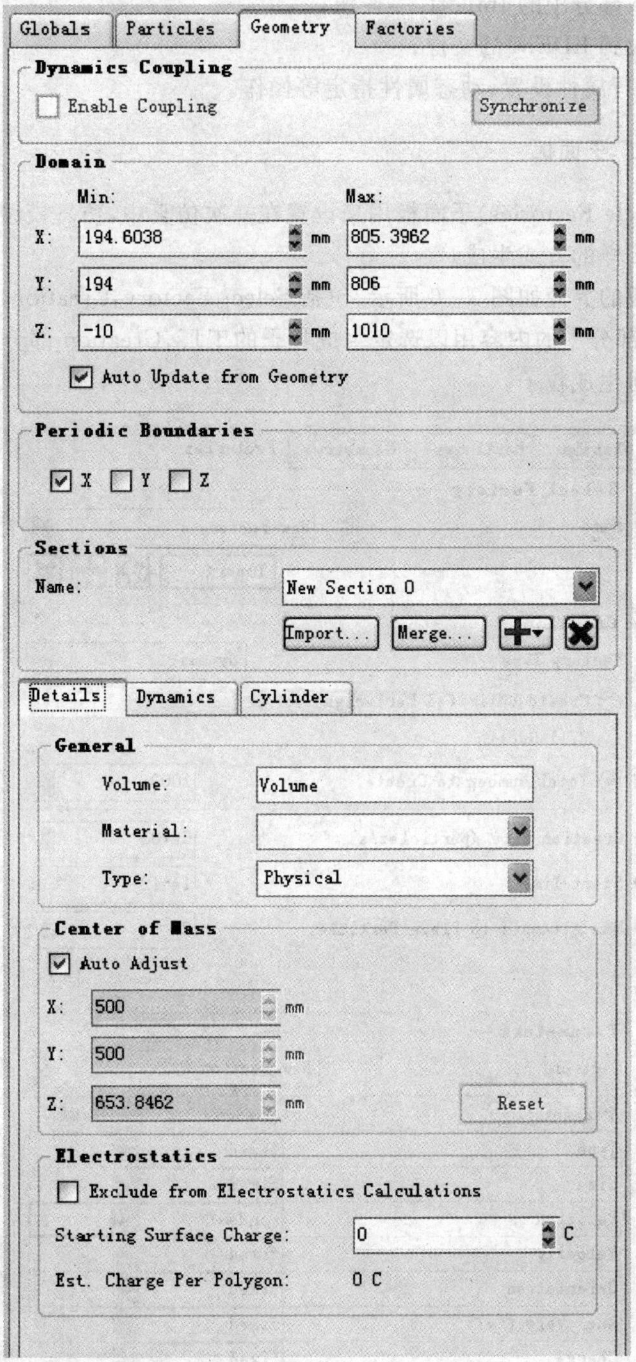

图 3-5　前处理器的几何体子面板

　　(2)从外部输入一个几何零部件的操作如下：

　　在 EDEM 中直接创建形状比较简单的几何零部件是很方便的,当需要创建复杂形状的零部件时,软件提供了从外部直接导入几何体的功能。可以导入 EDEM 中的几何体包括 IGES,STEP,Pro/E,STL,Parasolid 等多种格式。

1)点击 Sections 部分中的 Import... 按钮；

2)选中需要导入到 EDEM 的文件；

3)对 Section 进行属性设置、动态属性指定等操作。

3.2.4 粒子工厂子面板

粒子工厂(Particle Factories)子面板用来设置在一次仿真中，仿真模型中的粒子在什么地方、什么时候、用什么样的方式生成。

粒子工厂子面板的界面如图 3-6 所示，包括 Select Factory，Creation，Parameters 三个部分。Select Factory 部分中的内容用以选定生成粒子的工厂，Creation 部分中的内容用以设置选定的粒子工厂如何生成粒子。

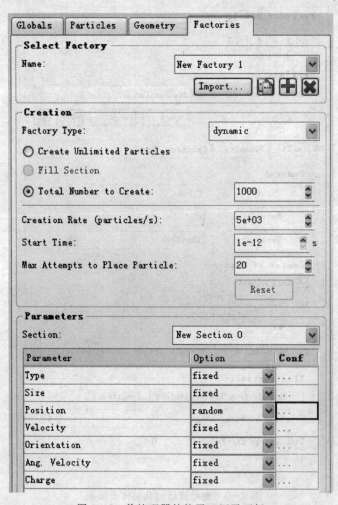

图 3-6　前处理器的粒子工厂子面板

3.3　求　解　器

EDEM 的求解器(Simulator)是仿真模型的求解模块。在这一模块中进行求解的各种选项的设置、执行仿真以及查看仿真的进程。点击工具栏上的求解按钮可进入求解器模块，进入此模块后的界面如图 3-7 所示。标签面板仅包含一个子面板(见图 3-8)，其他部分的布局和其他模块一致。

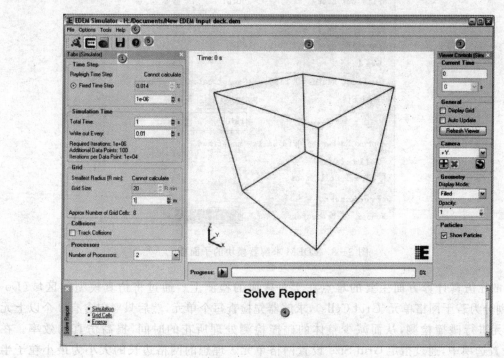

图 3-7　EDEM 求解器模块

标签面板中的求解选项设置包含时间步长(Time Step)、仿真时间设置(Simulation Time)、网格(Grid)、碰撞接触跟踪(Collisions)、多核使用(Processors)五部分内容。

仿真计算中两次迭代之间的时间间隔称为时间步长(Time Step)。并不是每一次迭代计算中各个粒子的速度、能量、方位等数据都会被存储到文件中以备后续分析，在仿真设置中一般会设置间隔多长时间输出一次数据，输出数据的这个时间点称为数据点(Data Points)。

在 Time Step 设置选项中，Rayleigh 时间步长是由程序根据粒子的半径、密度等参数自动计算的，只需要指定固定时间步长(Fixed Time Step)的数值，这一数值一般为 Rayleigh 时间步长的 20%~40%。

在 Simulation Time 设置选项中，Total Time 用以指定总的仿真的时间，仿真迭代的次数由 Total Time 和 Fixed Time Step 自动计算出，例如一个以 2×10^{-6} s 的时间步长执行 1 s 时长的仿真需要迭代的次数为 5×10^{5}。Write out Every 用以指定每隔多长时间输出一次仿真的数据，也就是数据点的设置。

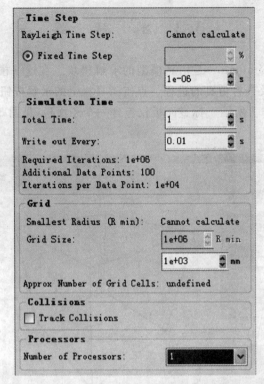

图 3-8　EDEM 求解器模块的子面板

离散元仿真计算方面主要的难点在于对碰撞的检测上。通过将仿真模型的区域(Domain)划分为若干网格单元(Grid Cells),求解器先检查每个单元,然后只对包含有 2 个以上元素的单元进行碰撞检测,从而减少整体的碰撞检测处理所花的时间,提高仿真的效率。在 Grid 设置选项中,通过指定 Grid Size 设置网格单元。理想的网格边长的大小为最小粒子半径的 2 倍,但网格单元数目太大会造成内存不足,这时可以指定较大的网格边长,从而减少网格单元的数目。

在 Collisions 设置选项中只有一个选项开关,用来控制是否输出碰撞相关的信息。在 Processors 设置选项中,控制是否使用 CPU 的双核进行计算,目前计算机的 CPU 普遍具有双核配置,通过使用双核可以提高仿真效率。

3.4　后处理工具模块

后处理模块(Analyst)提供了对仿真结果进行分析和判断的非常丰富的工具。可以用动画方式显示仿真过程,用图表显示仿真结果,创建动画文件并可输出结果数据到其他处理程序中。

仿真结束后,通过点击工具栏上的后处理工具按钮可进入后处理模块。后处理模块同前处理器的界面一致,也是由标签面板(Tabs:Analyst)、模型显示窗口(Viewer)、显示控制(Viewer Controls:Analyst)、数据浏览器(Data Browser)、工具栏和菜单栏六部分组成,界面如图 3-9 所示。

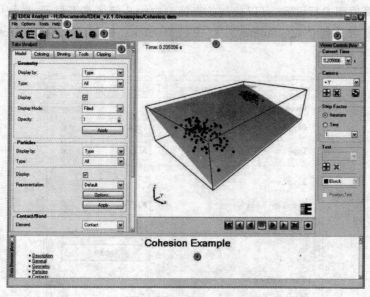

图 3 - 9　EDEM 后处理工具模块界面

在显示窗口的下部位置有一排播放控制按钮,通过这些按钮可以对每一次的仿真结果进行查看。各播放按钮的功能如表 3 - 3 所示。

表 3 - 3　播放按钮的功能

图　标	名　称	功　能
⏮	跳回开始	返回到仿真时间的开始
◀	倒退	用从后到前的方式显示仿真的过程
◀|	倒退一步	倒退一个时间步
■	停止	停止仿真过程的播放
|▶	前进一步	往前走一个时间步
▶	前进	按正常的时间顺序播放仿真过程
⏭	跳到结尾	直接跳到仿真过程的最后时间
●	录制	录制仿真过程的录像

后处理模块中的标签面板(Tabs Pane)由 Model,Coloring,Binning,Clipping,Tools 五个子面板组成,下面对每一个子面板中的相关功能进行说明。

3.4.1　模型子面板

模型子面板(Model Tab)的界面如图 3 - 10 所示。这一面板上的各种选项主要用来对显示窗口内的仿真模型进行设置,可以控制仿真模型中的几何体是否显示、模型中的粒子是否显示等内容。主要由几何体(Geometry)、粒子(Particles)、接触/绑定(Contact/Bond)三部分组成。

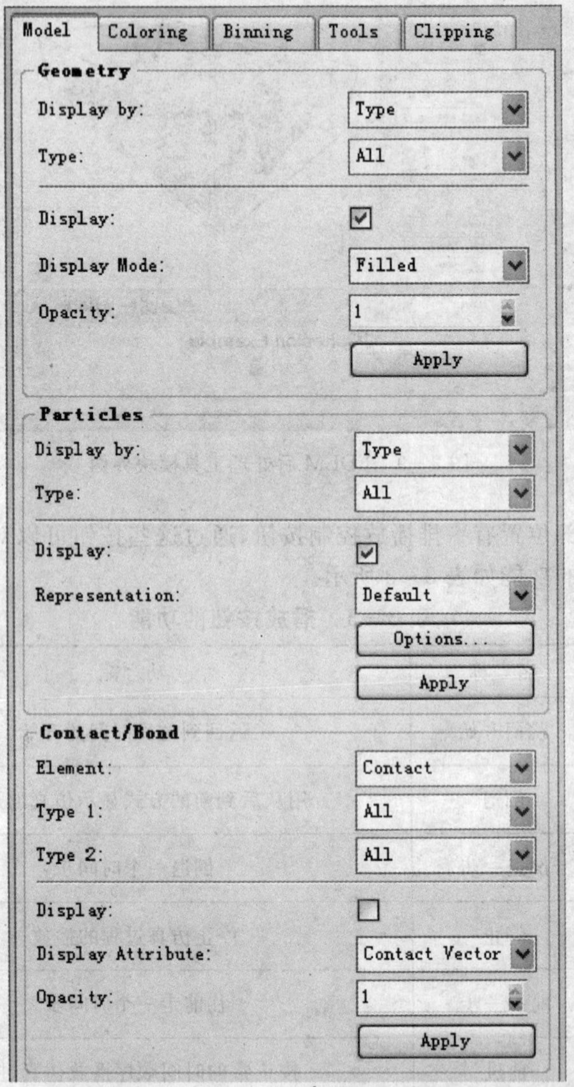

图 3-10 后处理模块的模型子面板

在 Geometry 这一组选项中,Display 后面的检查框控制所选几何体的显示与否。几何体的显示模式(Display Mode)有三种,如图 3-11 所示。从左到右依次为实体显示模式(Filled)、网格显示模式(Mesh)和点显示模式(Points)。

在 Particles 这一组选项中,比较重要的选项是粒子的表示方式(Representation)的设置。对仿真模型中的粒子的表示,EDEM 软件提供了缺省(Default)、圆锥(Cone)、矢量(Vector)、流方式(Stream)、模板(Template)五种方式。用各种方式表示的粒子的示意图如图 3-12～图 3-16 所示。

图 3-11　几何体的显示模式

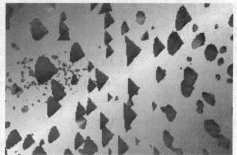

图 3-12　缺省方式表示的粒子　　　　　图 3-13　圆锥方式表示的粒子

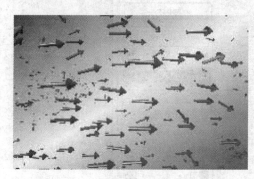

图 3-14　矢量方式表示的粒子　　　　　图 3-15　流方式表示的粒子

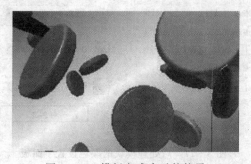

图 3-16　模板方式表示的粒子

　　采用缺省表示方式时,粒子的形状按照在前处理器中定义时的样式进行显示。采用圆锥方式表示粒子时,粒子的形状用圆锥进行表示,圆锥的方向代表粒子的速度、力矩、角速度等矢量性质物理量的方向,圆锥的高度代表相关物理量的数值大小,可以通过 Option 按钮进行设置。当用矢量方式表示粒子时,粒子的形状用一个箭头来表示,箭头的方向和大小可以表示速度、力矩、合力、角速度、质量等。采用流方式表示粒子时,粒子的运动轨迹通过流线的形式表示出来。采用模板方式表示粒子时,粒子的形状用事先定义好的模板来表示。

3.4.2 颜色设置子面板

颜色设置(Coloring)子面板的界面如图 3-17 所示。这一面板上的各种选项可以控制仿真模型的颜色,任何仿真模型中的元素,包括几何部件、粒子、接触类型、绑定、选择集等都可以单独设定颜色显示方式。该部分主要由 Select Element,Static Coloring,Attribute Coloring 三部分内容组成。

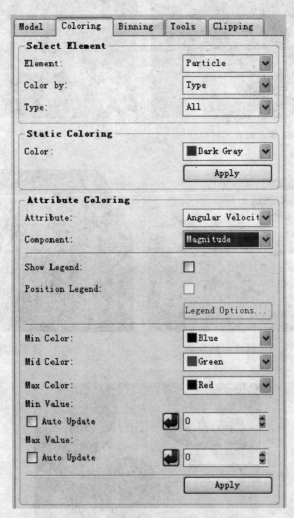

图 3-17 后处理模块的颜色设置子面板

在 Select Element 这一部分的选项中,选择对模型中的哪些元素进行颜色方式的设定。在 Static Coloring 中设置模型中元素的标准颜色,比如对不同选择集中的所有粒子设置不同的颜色,如图 3-18 所示。在 Attribute Coloring 中可以通过按照特定物理属性的方式进行颜色的设置,例如对仿真模型中的粒子按照速度这一属性进行颜色设置,则仿真过程中粒子速度的变化可通过颜色的变化显示出来,如图 3-19 所示。

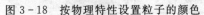

图 3-18　按物理特性设置粒子的颜色　　　图 3-19　　按粒子速度设置粒子的颜色

仿真模型中可以按照 Attribute Coloring 方式设置的各元素的物理属性及其分量的列表,如表 3-4 所示。

表 3-4　颜色属性设置表格

Element	Attributes	Components
Particle	Angular Velocity	Magnitude,X,Y,Z
	Electrostatic force	Magnitude,X,Y,Z
	Moment of Inertia	Magnitude,X,Y,Z
	Torque	Magnitude,X,Y,Z
	Total force	Magnitude,X,Y,Z
	Velocity	Magnitude,X,Y,Z
	Custom property	
Geometry	Total force	Magnitude,X,Y,Z
	Torque	Magnitude,X,Y,Z
	Velocity	Magnitude,X,Y,Z
Contact	Contact vector 1	Magnitude,X,Y,Z
	Contact vector 2	Magnitude,X,Y,Z
	Normal force	Magnitude,X,Y,Z
	Tangential force	Magnitude,X,Y,Z
Bond	Normal force	Magnitude,X,Y,Z
	Normal moment	Magnitude,X,Y,Z
	Tangential force	Magnitude,X,Y,Z
	Tangential moment	Magnitude,X,Y,Z

3.4.3 方格设置子面板

方格设置(Binning)将仿真模型的模型域(Model Domain)分割成网格状(Grid),称为一个方格组(Bin Group),其中的每一个小格称为方格(Bin)。方格设置的使用可以让用户仅对整个仿真模型中的一个方格内的粒子的相关数据进行分析,进出方格的所有粒子和几何体的信息都被记录。一个仿真模型可以包含任意数目的方格组。

方格设置子面板的界面如图 3-20 所示。

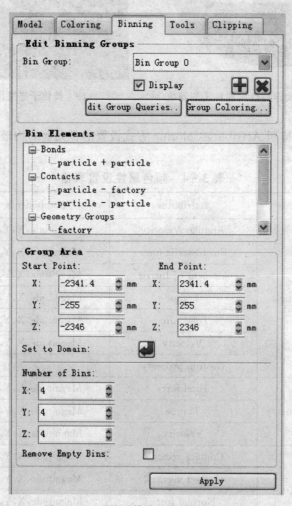

图 3-20　后处理模块的方格设置子面板

3.4.4 剖切设置子面板

剖切设置(Clipping)主要在对仿真模型的结果分析中,需要移除模型的某一部分元素以便更好地观察时使用。如图 3-21 所示的一个管道和管道中的粒子的仿真模型的结果分析中,通过剖切操作将管道的某一段几何体去掉,从而对粒子进行更好的观察。

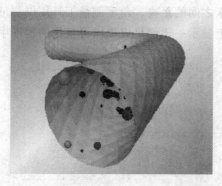

图 3-21　对仿真结果作剖切观察

EDEM 软件提供了三种剖切方式,包括平面剖切(Planes)、切片剖切(Slices)和域边界剖切(Domain Boundaries),各种剖切方式的效果如图 3-22 所示。

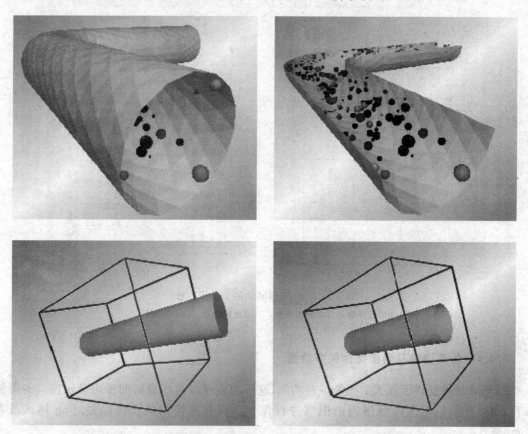

图 3-22　后处理操作的剖切方式

3.4.5　工具子面板

工具(Tools)子面板的界面如图 3-23 所示。主要包括选择集、距离测量、角度测量和比例尺四个辅助工具。其中的选择集工具用以选择特定的粒子,以便对这些被选定的粒子进行跟踪显示。距离测量用来测量模型中的任意元素之间的距离。角度测量工具用以测量模型中任意元素之间的角度。比例尺工具可以在模型上显示一比例尺以提供可视化的辅助手段。

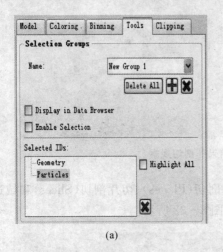
(a)

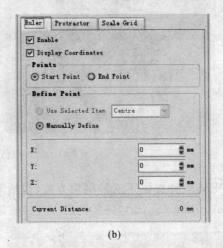
(b)

(c)

(d)

图 3-23　后处理模块的工具子面板

(a)选择集；　(b)距离测量；　(c)角度测量；　(d)比例尺

3.4.6　仿真图像及影像文件保存功能

EDEM 软件提供了强大的图像保存功能,这一功能可以将任意时间步内显示窗口的图像保存,也可将某一时间段范围内的图像进行保存。保存图像的格式可以是. png 格式或者.bmp格式。

(1)保存单个时间点上的图像的操作步骤如下：

1)用动画控制(Animation Controls)选择要保存的图片。

2)用摄像机控制(Camera Control)设置角度。

3)用选项(Options)中的相应命令控制是否显示轴(Axis)、边界框(Bounding Box)或者时间信息(Timestamp)。可以通过增加颗粒的显示细节(Particel Detail)来改善颗粒的外观形态。

4)从文件(File)菜单中选择保存图像(Save Image),将会出现一个保存图像对话框,其中:

* 选择文件名称(Select Filename)。设置文件名称和保存的位置。
* 截屏(Screen Grab)。如果选择了该选项,输出图像的尺寸将与显示窗口的大小相同。
* 宽度(Width)。设定图像的宽度(如果没有选择截屏选项)。
* 高度(Height)。设定图像的高度(如果没有选择截屏选项)。

(2)保存多个时间点上的图像的操作步骤如下:

1)用动画控制旋转第一个图像并在显示窗口中显示。从这个图像向前的图像将被保存。

2)在显示控制面板(Viewer Control)中设定步长因子(Step Factor)。步长因子决定图像的输出频率。

3)用选项(Options)菜单中的相应命令控制是否显示轴、边界框或者时间信息。可以通过增加颗粒的显示细节(Particle Detail)来改善颗粒的外观形态。

4)从文件菜单中选择 Get Images,将会出现保存图像对话框。其中:

* 选择文件名称(Select Filename)。设置基础文件名称和保存的位置,每个图像保存名称将会是基础名称加上一个数字后缀。
* 截屏(Screen Grab)。如果选择了该选项,输出图像的尺寸将与显示窗口的大小相同。
* 宽度(Width)。设定图像的宽度(如果没有选择截屏选项)。
* 高度(Height)。设定图像的高度(如果没有选择截屏选项)。

可以用录像或者动画软件将这一系列图像转化为录像。可用的软件包括 Animation Shop(Corel)、AVI Creator(Bloodshed 软件)和 Camtasia Studio(Tech Smith)。

EDEM 软件提供的影像文件保存功能可以将仿真的全过程或者其中的一部分时间段的内容录制下来,以供其他人员分析和观看。影像文件可以保存为 avi 格式、wmv 格式或者 En-Sight Video 格式。

3.4.7　数据输出功能

仿真过程生成的全部数据可以输出以便分析。既可以输出每一个时间点的数据,也可以输出某一时间段范围内的数据。输出数据(Exporting Data)的内容既可以选自仿真模型中的所有元素,也可以只用到选择集或方格组中的元素。

在执行数据输出操作之前需要先定义查询(Queries)。单独的一个查询实质上是仿真模型中的一个元素的属性,例如可以将模型中的类型为 A 的某一个粒子的 x 方向的位置定义为一个查询。多个查询可以组合起来形成一个输出配置,可以给这一配置指定一个 ID 号,配置内的所有查询包含的数据输出到一个单独的文件中。

执行数据输出的命令是 File 菜单下的 Export Data 命令,执行这一命令后弹出 Export Data 对话框,如图 3-24 所示。

(1)数据输出的相关操作步骤:

用 Export Data 对话框(File＞Export Data)输出数据。

1)单击加号按钮创建一个新的配置的 ID 号。一个配置中可以包含多个输出设置,而且任意一个模型都可以创建多个配置。例如,一个配置可能包含有很多关于颗粒的查询,而另一个配置中的查询可能仅仅与接触有关。可以在任意点对配置进行编辑,例如添加新的查询或者移除多余的查询。

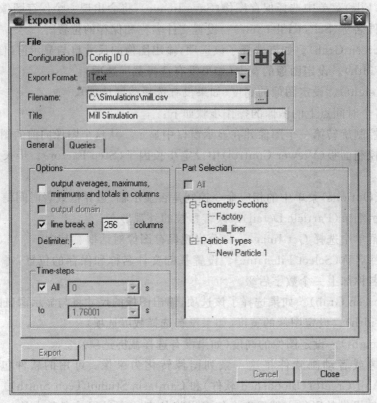

图 3-24　数据输出对话框

2)选择输出文件的格式:Insight(. case)或者 Text(. csv)。对于 Insight 文件,确保文件名称和目录等特性的总数目不超过 72。

3)给配置命名,并输入文件名称和保存的位置。

a. General Settings(通用设置)。

b. 选项(Options)。

输出每一列的平均值、最大值、最小值和总和。

用于确定数据在输出文件中的布置。如果选定了这一选项,数据将会被分别导出并按列分布。图 3-25 所示为数据输出时没有选定该选项,图 3-26 所示为数据输出选定了该选项。

```
TIME:,0.900039
Q2 : Average Particle Velocity Magnitude:,4.99865
Q3 : Maximum Particle Velocity Magnitude:,5.10404

TIME:,0.910045
Q2 : Average Particle Velocity Magnitude:,4.99865
Q3 : Maximum Particle Velocity Magnitude:,5.10404
```

图 3-25　没有选定选项时的数据输出

c. 输出范围(Output domain)。

只有当数据被输出到 Insight 文件中时这一选项才可用。如果选定该选项,指定范围内的数据被输出。如果没有指定,当数据载入到 Insight 文件中时会自动创建一个新的范围。

d. 分隔符和换行符(Delimiter and Line Break)。

```
TIME,Q2 : Average Particle Velocity Magnitude,Q3 : Maximum Particle Velocity Magnitude
0.900039,4.99865,5.10404
0.910045,4.99865,5.10404
```

图 3-26　选定选项时的数据输出

如果将数据输出到 text 文件中,可以改变分隔符并控制是否在 N 列后开始新行。默认的情况是 EDEM 将在 256 列后(Microsoft Excel 允许的最大列数)自动插入换行符。

e. Part Selection。

只有当数据输出文件为 Insight 时这一选项才被激活。

在模型中选择输出所有单元或者指定部分的数据。单元按几何体部分和颗粒类型自动分类。接触数据不能被输出。双击任意一个单元可以将其移除。单元颜色为黑色时代表已经被移除,也可以再次双击该单元将其添加到输出数据的单元集合中。

f. 时间步长(Time Steps)。

可以输出仿真中所有时间步内的数据,也可以输出指定范围内的数据。

(2)创建查询的相关操作步骤:

查询用于定义输出信息,对话框如图 3-27 所示。

1)单击查询标签(Queries),单击加号按钮创建一个新的查询。在相关单元(如碰撞、接触、颗粒和几何体)下面列出了可以输出的属性。单击任意属性即可选择,然后选择需要输出的信息,如接触矢量的幅值。

2)选择要输出的几何体部分或颗粒类型或接触,例如仅选择特定类型的颗粒间的碰撞,或者特定几何体零部件上的力。

输出的数据既可以选自仿真模型中所有的元素,也可以只用到选择集或方格组中的元素。这可以通过选择所有已经创建的方格组或者选择集的 Selection 下拉列表进行选择。

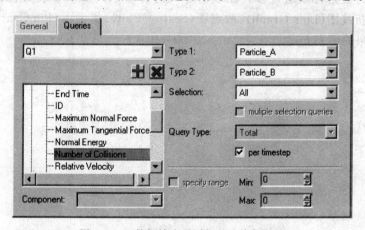

图 3-27　数据输出对话框的查询标签页

Query Type 选项用来确定特定属性的哪一个数据值进行输出。例如要输出类型 A 的颗粒的速度,可以选择输出的组分有最大值、最小值或者平均值。对于每一类查询可以输出如下数据:

- 标准(Standard)。在选定范围内的,每一个时步内的选定类型的每个单元的属性值。
- 总和(Total)。选定类型的每一个单元的属性值的总和。例如,每一个时步内所有颗粒的总的速度。可以对每个时间步进行求和计算,也可以对在 General Settings 中设定的指定范围内进行求和计算。

• 最大值(Maximum)。在定义的范围内每个时步内选定类型的所有单元的属性值的最大值。例如,每个时步内的速度的最大值。最大值可以在每个时间步计算,也可以对在 General Settings 中设定的指定范围内进行计算。

• 最小值(Minimum)。最小值指的是在定义的范围内每个时步内选定类型的所有单元的属性值的最小值。例如,每个时步内的速度的最小值。最小值可以在每个时间步计算,也可以对在 General Settings 中设定的指定范围内进行计算。

• 平均值(Average)。平均值指的是在定义的范围内每个时步内选定类型的所有单元的属性值的平均值。例如,每个时步内的速度的平均值。平均值可以在每个时间步计算,也可以对在 General Settings 中设定的指定范围内进行计算。

最后一个选项是指定范围(Specify Range)。用于指定输出数据的取值范围。换言之,仅输出在两个指定数值之间的数据。例如,只输出 3 m/s 和 5 m/s 之间的颗粒速度。

所有的查询创建完之后,单击输出按钮(Export)将数据输出到指定的文件夹中。

3.4.8　图表生成功能

图表生成功能的按钮如图 3-28 所示。

图 3-28　图表生成功能的按钮

仿真生成的数据可以通过多种图表的方式进行显示。EDEM 软件提供了包括直方图(Histogram)、折线图(Line Graph)、散点图(Scatter Plot)、饼形图(Pie Chart)在内的四种反映仿真数据结果的图表方式。

第4章 EDEM 操作实例

本章通过螺旋输送机输送物料的仿真、球磨机物料破碎仿真、颗粒热传导仿真、EDEM 与 FLUENT 耦合仿真等实例，介绍 EDEM 软件的操作步骤。

4.1 螺旋输送机输送物料的仿真

螺旋输送机用于将颗粒物料从一个位置输送到另一个位置，如图 4-1 所示。

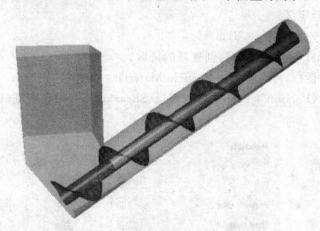

图 4-1 螺旋输送机几何模型

本节介绍用 EDEM 建立输送机模型和仿真输送物料过程。

（1）启动 EDEM。

（2）执行 File＞Save As 命令，在计算机上选择保存的位置（如 C:\EDEM_tutorials）。

（3）输入文件名称（如 Screw_Auger_Tutorial. dem）并单击 Save。

4.1.1 EDEM Creator：创建模型

Step 1：设置全局模型参数

1. 选择单位

创建模型的第一步是设定单位。

（1）Options＞Units

（2）按照下面内容设定测量单位：

• 角度设置为度（deg）。

• 角加速度（Angular acceleration）为 deg/s²。

• 角速度（Angular velocity）为 deg/s。

• 长度（Length）为 mm。

2. 输入模型的标题并进行描述

模型的标题和描述将会出现在数据浏览窗口。

(1)单击 Globals 标签。

(2)在 Simulation 标题域中输入 Screw Auger Model。

(3)在 Description 中输入描述。

3. 设置接触模型

在 Physics 部分进行接触模型和不同材料之间作用力的设置。接触模型定义了单元间发生接触后的运动规律。按照以下步骤设置接触模型：

(1)选择 interaction particle – to – particle,确保 Hertz – Mindlin(no slip)被选择。

(2)选择 interaction particle – to – geometry,确保 Hertz – Mindlin(no slip)被选择。

4. 设置重力并定义材料

模型中每个颗粒或者是几何体部分都由特定材料制成,所有的材料之间的相互作用都必须在 Material 中进行定义。

(1)检查 Gravity 是否是 -9.81m/s^2。

(2)单击 Material 上部的＋按钮,创建新的材料。

(3)显示材料对话框,将名字改为 Particle Material。

(4)设定泊松比(Poisson's ratio)、剪切模量(Shear modulus)和密度(Density),如图 4 – 2 所示。

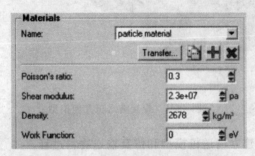

图 4 – 2　材料属性设置对话框

下面来定义螺旋输送机的材料。螺旋输送机由钢材制成,这种材料在 EDEM 材料库中已经存在,不用像颗粒材料那样定义,直接从数据库中复制即可。

(1)单击 Transfer 按钮,出现 Material/Interactions Transfer 对话框。如图 4 – 3 所示。

(2)在 Material database 中双击 Material,展开材料库,选择 steel。

(3)单击向左的箭头,将材料复制到模型中(见图 4 – 3)。

5. 定义材料间的相互作用

(1)从 Material 部分的上部下拉列表中选择 particle material。

(2)单击 Intersection 部分中的＋按钮,弹出对话框后选择 particle material。这样就定义了由相同材料制成的两个颗粒之间的相互作用。

(3)设置系数如图 4 – 4 所示。

(4)再次单击＋按钮,选择材料 steel。

(5)设置系数如图 4 – 5 所示。

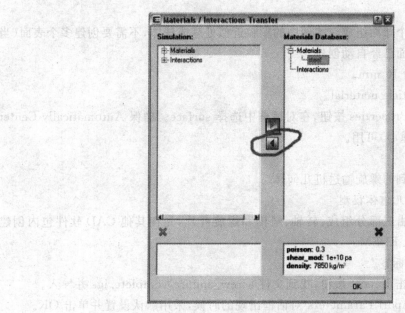

图 4-3　从材料库中复制材料到模型中

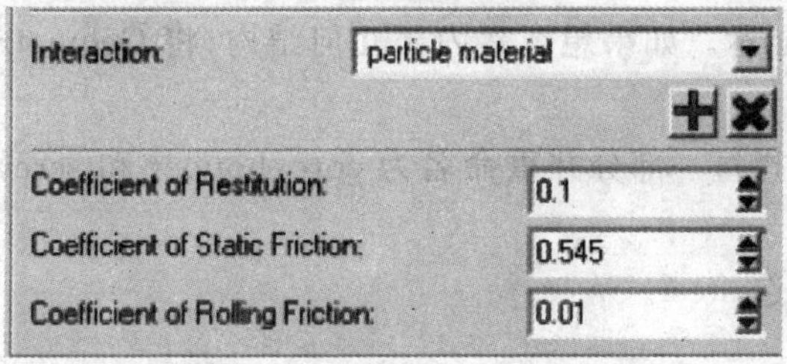

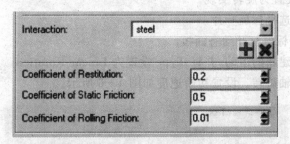

图 4-4　设置系数

图 4-5　设置系数

Step 2：定义基础颗粒

模型中用到的所有颗粒都在 Particle 标签中定义，这些是基础颗粒或者是粒子原型。

1．创建新类型的颗粒

（1）单击 Particle 标签。

（2）单击＋按钮，在 Name 中输入名字 grain particle。

2. 定义表面和属性

颗粒由一个或者多个球面组成。本例中的颗粒近似处理成球体，不需要创建多个表面（当创建颗粒的时候一个表面已经自动创建）。

(1)设置表面半径为 10 mm。

(2)选择材料为 particle material。

(3)单击 Calculate Properties 按钮，在对话框中选择 surface。确保 Automatically Center Particle(自动定义颗粒重心)可用。

Step 3:定义几何体

现在定义模型中用到的螺旋输送机几何体。

1. 导入螺旋输送机几何体模型

螺旋输送机的模型由三部分组成:转轴、料槽和螺旋叶片,先在其他 CAD 软件包内创建几何模型,然后直接导入 EDEM。

(1)单击 Geometry 标签。

(2)在 Section 中单击 Import 按钮,找到文件 screw_angure_complete. igs 并导入。

(3)当 Geometry Import Parameters 对话框出现的时候,采用默认设置并单击 OK。

(4)选择单位:Millimeters。

螺旋输送机模型就出现在显示窗口中,它由三部分组成,每一部分都在下拉列表中列出,选中的那个将会以红色显示。如果想观察内部几何结构,将 Geometry Display Mode 设置为 Mesh(网格)即可。

(1)从下拉列表中选择每一部分并重命名为 core,hopper 和 screw blade,即转轴、料槽和螺旋叶片。

(2)各部分的材料都选 steel。

2. 设定螺旋的运动

仿真中几何体的各部分可以设定为移动。本模型中螺旋旋转,目的是举升颗粒。这种旋转通过将螺旋几何体设置为旋转实现。

(1)从下拉列表中选择螺旋叶片。

(2)单击 Dynamic 标签打开动态面板。

(3)单击 + 按钮创建新的运动,并将 Type 设置为 Linear Rotation。

(4)螺旋绕着直角轴旋转。设置初始速度如图 4-6 所示。

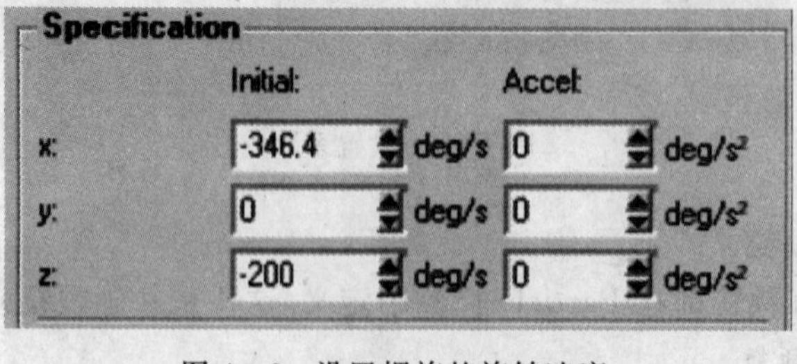

图 4-6　设置螺旋的旋转速度

3. 创建颗粒工厂的几何体

颗粒工厂用来定义仿真中的颗粒怎样出现,什么时候出现和出现在什么地方。所有的颗粒工厂都必须基于几何体(可以是真实的也可以是虚拟的)。本模型中,在漏斗顶端创建一个虚拟的矩形,用来定义模型中颗粒的产生区域。

(1)从 Geometry 标签中,单击➕按钮选择 Polygon。

(2)重命名为 factory plate。

(3)单击 Polygon,设置 X/Y/Z 中心和 Polygon 的尺寸,如图 4-7 所示。

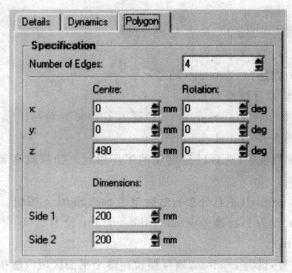

图 4-7　设置颗粒工厂的尺寸

(4)单击 Details 标签,将 Type 设置为 virtual。

Step 4:定义仿真区域(Domain)

接下来定义仿真发生的区域。

1.定义模型区域

该区域(图 4-8 中框线所框范围)是仿真发生的范围。在仿真过程中 EDEM Simulator 不模拟任何移动出仿真区域的颗粒。区域的大小对仿真时间有影响,范围越大,仿真运行的时间越长。

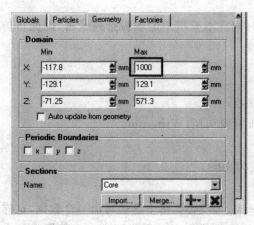
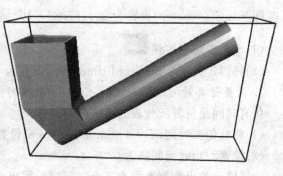

图 4-8　定义模型区域

(1)单击标签面板中的 Geometry。

(2)检查"Auto-update from Geometry"选项。这将根据几何体裁剪仿真范围。

(3)现在不采用 Auto-update 选项,将仿真范围的 X 方向延伸到 1 000 mm。这样就可以看到颗粒从螺旋的顶端落下。

2. 创建颗粒工厂

(1)单击 Factories 标签。

(2)选择 ✚ 按钮,创建新的工厂,命名为 Factory。

3. 设置工厂类型(factory type)

(1)将 factory type 设置为 Dynamic(动态)。

(2)将要创建的颗粒数目设置为 700。

(3)将颗粒创建速率(particle creation rate)设为 10 000 颗粒/s。

4. 设置工厂的初始条件(initial conditions)

(1)在 Section 下拉列表中,选择已经创建的工厂形状。如果没有显示,检查是否将平板设置为 virtual。

(2)将 Size 设置为 normal(正态分布),然后单击 Size Setting 按钮。

(3)将平均值 mean 设为 1,标准差(standard deviation)设为 0.05,并将它设置为按照半径缩放(scale by the radius)。

(4)将 Position(位置)设为 random,确保颗粒在整个平面区域内随机生成。

(5)将速度(velocity)设置为固定的(fixed),单击 Settings 按钮。

(6)将 Z 速度设为 -10 m/s,并保留模型中的其他值为 0。本模型中,颗粒向着漏斗底移动。

(7)选择 File>Save。

接下来进入 EDEM 求解器(Simulator)开始仿真。

4.1.2 EDEM Simulator:设置仿真参数进行仿真

Step 1:设置时间选项(Time options)

1. 设置时间步长(Time step)

时间步长是求解器(Simulator)的迭代(计算)时间。本模型中的颗粒排列紧密,因此将仿真时间步长(Time step)设置为 20%($7.33×10^{-5}$ s)。

(1)单击求解器按钮 。

(2)将固定时间步长(Fixed time step)设置为 20%。

2. 设置仿真时间(Simulation time)和数据写出时间间隔(Write-out)

仿真时间是仿真所代表的真实时间。

(1)将总仿真时间(Total simulation time)设置为 10 s。

(2)设置写出时间间隔为 0.05 s。

这样就会使得数据点每 683 个时间步长写出一次。(没必要每个迭代写出一个数据,这样做通常会使得仿真缓慢,并且产生大量的数据。本例中如果每个时间步写出一个数据点就会产生 137 000 个数据点。)

Step 2:设置网格大小(Grid size)

Grid options 用来设置网格大小。

(1)将 Grid size 设为 $2R_{min}$。

(2)确保总的网格单元数目少于 100 000,否则,逐步增加网格大小直到网格单元数低于这个极限值。

注意仿真的结果是不受网格单元数目的影响的,只有达到结果的时间受网格数目的影响。

Step 3:运行仿真

在运行仿真之前,要注意使用一些缩短仿真时间的方法和技巧:

(1)关闭求解报告(Data browser)。

(2)确保 Auto‐update 是关闭的。

为了更好地观察到仿真中的情况,可以改变几何体的显示方式。

(3)将几何体的显示模式(Geometry display mode)改为网格(mesh),如图 4-9 所示。

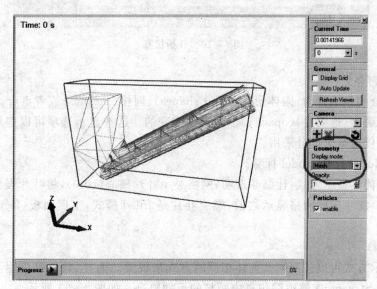

图 4-9　修改几何体的显示模式

现在已经为仿真做好了准备。

(4)如图 4-10 所示,单击仿真窗口下部的 Start Progress 按钮。

(5)在任一点都可以单击 Refresh Viewer 按钮,观察仿真的进度。

4.1.3　EDEM Analyst:分析仿真结果

后处理(Analyst)用来重放、检查分析仿真结果(见图 4-11)

(1)单击工具条中后处理按钮 。

(2)单击 Play 按钮,按每个时间步播放仿真。

Step 1:设置显示方式(Display)

Model 面板中的选项用来设置模型中不同单元的出现方式。

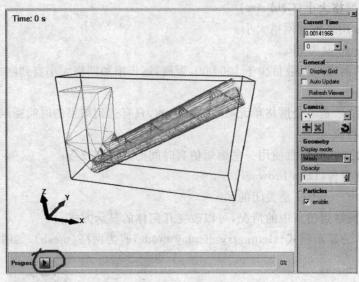

图 4 - 10　开始仿真

1. 设置几何体

几何体部分的显示分为：固体形状（solid shapes）、网格（meshes）或者点（points）（基于网格节点）。不透明度（透明度）（opacity）也是可以改变的。这些显示选项可以应用到所有的几何体，也可以仅仅对某个部分采用。

（1）单击 Model 打开 model 标签。

（2）改变几何体显示方式：让漏斗透明，网格显示叶片核心（core），将叶片设置为完全不透明的（opaque）。漏斗按照网格显示之前，螺旋叶片是 filled 模式，工厂面板（factory plate）是关闭的。

2. 设置颗粒

颗粒的显示方式可以按照同几何体相同的方式来设置。而且，颗粒可以用不同形式来代替，其中之一是 Stream，能够追踪仿真中颗粒的运动轨迹。如图 4 - 11 所示。

（1）用跳到开始按钮（jump to start）（显示窗口中的最左边的按钮）使仿真回到开始（t＝0）。

（2）将几何体的显示模式（Display model）设为 Filled，不透明度（opacity）设为 0.3，单击应用（Apply）。

（3）在 Particles 部分中，设置代表类型（Representation type）为 Streams，然后单击 Apply。

（4）单击播放按钮，观察。

（5）在任意时刻可以单击停止按钮，将代表类型设置为默认模式。

3. 设置接触

设置模型中接触（Contacts）的显示，用户可以选择显示所有的接触或者是接触子集（subset）。例如，仅仅显示颗粒间的接触，或者颗粒与特定几何体部分间的接触。接触还可以有很多显示方式，例如，接触矢量（contact vector）或者法向重叠量（normal overlap）。

（1）将颗粒显示方式改变为 Default，单击 Apply。

（2）试着打开颗粒与不同类型单元间的接触方式。暂时关闭颗粒的显示有助于更好地看到接触。

图 4 - 11 以 Stream 方式显示颗粒的运动轨迹

（3）完成之前，关闭所有接触的显示，确保颗粒能够显示。

Step 2：给单元着色（Coloring）

模型中的颗粒、几何体和接触可以按照不同方式着色。几何体的任何部分颗粒或者任意接触，或者是选择的组可以分别着色。

1. 给几何体着色

从颗粒的其余部分将螺旋叶片着色，以便能够凸显这一部分。

（1）单击 Coloring 标签。

（2）进入选择单元（Select Element）部分，将 Element 设置为 Geometry，并将 Type 设置为 Screw blade。

（3）在 Static coloring 中，将颜色设置为深红色（dark red）并单击 Apply 按钮，给叶片着色。

2. 按照颗粒速度着色

（1）进入 Select Element 部分，将 Element 设置为 Particle，Type 为 All。

（2）在 Attribute coloring 部分，将 Attribute（属性）设置为 velocity（速度）。

（3）设置 Min，Mid 和 Max 的着色为 red，green 和 blue。

（4）单击紧靠着 min 和 max value 的按钮，这样就直接将现在窗口中显示的仿真点的值读入。打开 auto - update 选项，当仿真继续播放时可以自动更新着色。

（5）单击 Apply 按钮给颗粒着色。

（6）回放仿真。

（7）单击 Play 按钮，观察仿真回放过程中颜色的变化。

Step 3：提取数据

仿真中采集的数据可以直接导出用于分析。数据可以从单个时间步导出，也可以从很多时间步内导出；可以从模型中将所有单元的数据导出，也可以仅仅从选择的组或者是 bin group 导出。

1. **进行导出设置(Export Configuration)**

(1)从 File 菜单中选择 Export Data。Export Data 对话框就会出现。

(2)单击 ➕ 按钮,建立新的设置。一个设置中可以包含多条查询(Queries),并且可以在模型中的任一点重用。

(3)将 Export Format(导出模式)设置为 Text,导出数据会保存到扩展名为 .csv 的文件中。

(4)输入文件名称 Screw Auger,单击保存按钮进行保存。

2. **设置导出颗粒平均速度的查询(Query)**

(1)导出大量数据将花费很多时间,从仿真中的任一点将时间子步的范围设置为 10~20 之间。

(2)从 General 标签页中的 Time Steps 中进行设置,确认 Option 中的 Output Averages,Maximums, Minimums 和 Totals in Columns 之前的 checkbox 为选中状态。

(3)单击 Queries 标签,打开 Queries 面板,在这里定义哪些颗粒被导出。

(4)单击 ➕ 按钮,命名为 Velocity Query。

(5)在列表中单击 Particles element,并选择 Attribute 为 Velocity。

(6)将 Component 设置为 Magnitude,Query type 为 Average。其他设置保持为默认设置。

3. **定义查询导出每个颗粒 Z 方向的位置**

(1)单击 ➕ 按钮,创建第二个查询,命名为 Position Query。

(2)单击列表中的 Particles,选择属性为 Position。

(3)Component 选择 Z,其他选项保持缺省设置。

4. **导出数据**

(1)单击 Export 按钮,将数据导入到预定义的文件中。

(2)打开外部应用的文件(例如 Spreadsheet),观察数据。

Step 4:创建录像

可以将仿真保存为一个录像文件。EDEM 能够导出的录像格式为 avi,wmv 和 insight video。

1. **设置录像选项**

(1)单击显示窗口中的 ⏺ 按钮,打开 Export lmages/Video 对话框,如图 4-12 所示。

(2)将导出格式设置为 Windows Media Video。

(3)设置文件名称,例如 C:\EDEM_Tutorials\video. wmv。

(4)选择 Windows Media Video V8 压缩。如果在 Linux 机器上运行 EDEM,就选择 Windows Media V7。

(5)单击按钮 ↻ 设置 frame 的宽度和高度,与显示尺寸保持一致。

(6)单击 OK 按钮。记录按钮变成红色。

2. **录像**

(1)单击回到开始按钮 ⏮(如果需要),然后单击播放按钮 ▶。

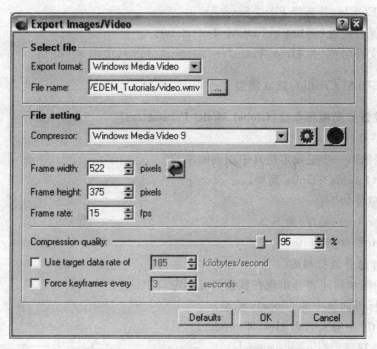

图 4 - 12　导出录像的对话框

（2）尝试停止，改变录像视角和显示方式，并重新播放。

（3）一旦播放完成，单击录像按钮保存录像文件。

（4）用 Windows Media 播放器打开录像。

4.2　颗粒热传导仿真

本例通过热量在冷热颗粒间的传递，介绍如何用 Heat Transfer 模块仿真颗粒间热传导（见图 4 - 13）。

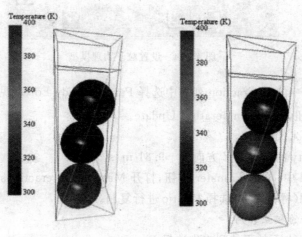

图 4 - 13　颗粒间的热量传导

(1)启动 EDEM,并选择 File>Save As...。

(2)选择保存位置(例如 C:\EDEM_Tutorials)。

(3)输入文件名称(如 Heat_Transfer_Tutorial. dem),单击 Save。

4.2.1 EDEM Creator:建立模型

Step 1:设置全局模型参数(Global Model Parameters)

1. 选择单位(Units)

创建模型的第一步是设定仿真中用到的单位。

(1)进入 Options>Units 菜单。

(2)设定单位如下:

* Temperature(温度)为 K。

* Length(长度)为 mm。

2. 输入标题并进行描述

模型的标题和描述将会出现在数据浏览器窗口中。

(1)单击标签面板中的 Globals 标签。

(2)在 Title 中输入名称 Heat Transfer。

3. 设置物理模型(Physics models)

(1)从 Physics 的 Interaction 下拉列表中选择 Particle to Particle(见图 4-14)。

(2)选中 Hertz-Mindlin(no slip)模型并单击![delete]按钮删除。

(3)单击![add]按钮并选择 Hertz-Mindlin with Heat Conduction(见图 4-14)。

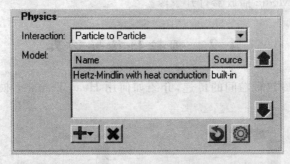

图 4-14　设置粒子物理模型

(4)从 Physics 中的 Interaction 列表中选择 Particle Body Force(见图 4-15)。

(5)单击![add]按钮,选择 Temperature Update。

4. 设置重力并定义材料

(1)确定 Gravity 的设置是 Z 方向为 -9.81 m/s^2。

(2)在 Material 中,单击 Transfer 按钮,打开 Material/Interactions Transfer 对话框。

(3)从 Material(材料库中)选择 Plastic 进行复制。

5. 定义材料间的相互作用

(1)从 Material 上面的下拉列表中选择 Plastic。

(2)单击 Intersection 中的![add]按钮,弹出对话框后选择 Plastic。

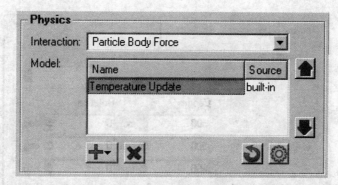

图 4 - 15　设置粒子物理模型

Step 2:定义基础颗粒(Base Particle)

创建颗粒的步骤如下:

(1)单击 Particle 标签。

(2)单击 Select Particle 部分中的➕按钮,在 Name 域中输入名字 Plastic Ball。

(3)将 Radius of the surface 设置为 40 mm。

(4)单击 Calculate Properties 按钮,并拾取 Surface 选项。

Step 3:定义几何体

1. 创建盒子(Box)

(1)单击 Geometry 标签。

(2)单击➕按钮创建盒子(Box)。

(3)单击 Box 标签,按照图 4 - 16 设置。

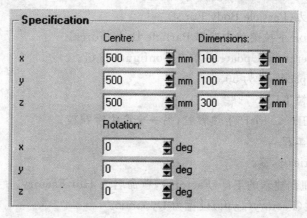

图 4 - 16　设置 Box 的参数

2. 创建颗粒工厂形状(Particle factory plate)

(1)单击➕按钮创建新的多边形(Polygon),命名为 Factory。

(2)单击 Polygon 标签,设置如图 4 - 17 所示。

(3)单击 Details 标签并将 Type(类型)设置为 Virtual。

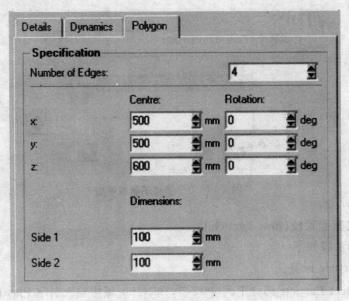

图 4-17　创建粒子工厂的几何参数

Step 4：设置 Physics

1. 设置接触模型

(1)单击 Globals 标签。

(2)从 Particle-to-Particle interaction 中选择 Hertz-Mindlin with Heat Conduction 接触模型,单击 Configure 按钮。

(3)将 Thermal Conductivity 设置为 1 000。

2. 设置颗粒体力(Particle Body Force)

(1)从 Interaction 下拉菜单中选择 Particle Body Force。

(2)选择 Temperature Update 并单击 Configure 按钮。

(3)将 Heat Capacity 设为 50。

Step 5：创建颗粒工厂

创建两个颗粒工厂,一个产生热颗粒,另一个产生冷颗粒。

1. 创建热颗粒工厂

(1)单击 Factories 标签。

(2)单击➕按钮创建新的工厂(Factory),重命名为 Hot Factory。

(3)将工厂类型(Factory Type)设置为 Dynamic。

(4)Total Number to Create(总颗粒数目)为 1。

2. 设置热工厂的初始条件

(1)在 Section 下拉列表中选择 Factory。

(2)将 Temperature 设置为 400 K。

3. 创建冷颗粒工厂

(1)单击➕按钮,创建新的颗粒工厂,命名为 Cold Factory。

(2)将 Factory Type 设置为 Dynamic。

(3)Total Number to Create 设置为 2。

(4)Creation Rate(创建速度)设置为 10 Particles/s。

(5)将 Start Time 设置为 1 s。

4. 设置冷工厂的初始条件

(1)从 Section 下拉列表中选择 Factory。

(2)单击 Configure Temperature,值为 300 K。

(3)选择 File>Save。

4.2.2　EDEM Simulator:运行仿真

Step 1:设置时间选项(Time Options)

1. 设置时间步长(Time step)

(1)单击 Simulator 按钮 ▣。

(2)设定 Fixed Time Step(固定时间步长)0.000 15 s。

2. 设定 Simulation Time(仿真时间)和 Grid Options(网格选项)

(1)设置 Total Simulation Time(总的仿真时间)为 15 s。

(2)将 Write Out Frequency(数据写出频率)设置为 0.001 s。

(3)设定 Grid Size(网格大小)为 2Rmin。

Step 2:运行仿真

单击仿真窗口底部的 Start Progress 按钮运行仿真。

4.2.3　EDEM Analyst:结果分析

Step 1:设置显示方式(Display)

设置几何体的步骤如下:

(1)进入 Analyst 并单击 Model 标签。

(2)将 Display Mode 设定为 Mesh,然后单击 Apply。

Step 2:给单元着色(Coloring Element)

(1)单击 Coloring 标签。

(2)在 Attribute 中选择 Temperature。

(3)使得 Show Legend 可用。

(4)不用 Auto update 选项,将 Min Value(最小值,蓝色)设置为 300 K,将 Max Value(最大值,红色)设置为 400 K(见图 4-18)。

(5)单击 Apply。

Step 3:添加 Labels

(1)在 Viewer Controls(显示控制器)的 Text 部分下面,单击 ➕ 按钮

(2)将 Message1 用"Initially Hot"标识代替。

(3)将 Text Color(文本颜色)设定为 Red。

(4)使得 Position Text 检验栏可用,在显示窗中单击鼠标,将标示定位。

(5)重新添加蓝色标识"Initially Cold"。

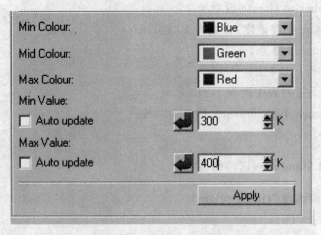

图 4-18　单元着色设置

(6)不选中 Position Text 检验栏。

Step 4：重放仿真

(1)在 Viewer Controls(显示控制)中，Time 选择 Step Factor，并将它设为 0.02 s。

(2)运行仿真。热球先被创建，1 s 后两个冷球出现。注意热量是怎样在三个球之间传递的。

4.3　自定义接触模型仿真

本节主要描述怎样在 EDEM 提供的接触模型的基础上加入新粘连接触模型。粘连模型包括与时间有关的颗粒-颗粒以及颗粒-几何体粘连。

在开始这一实例操作之前先说明在 EDEM 进行插件开发的步骤，基于微软的 Microsoft Visual C++ 2008 Express Edition 程序开发工具，用 C++语言进行插件开发。

1. EDEM 插件开发简介

EDEM 软件提供了完善的应用程序编程接口(API)，通过这些接口，用户可以开发非 EDEM 系统自带的功能模块，例如新的颗粒间接触力计算模型、外部耦合(External Couplings)和新的颗粒生成工厂模型。这些由用户自行开发的模块称之为插件(Plugin)。

在使用 EDEM 进行仿真的流程中，粒子工厂生成粒子的阶段、计算粒子间接触力的阶段和计算粒子体力的阶段都可以使用用户自行开发的插件，分别将这些插件称为粒子工厂插件(Plugin Particle Factory)、接触模型插件(Plugin Contact Model)和粒子体力插件(Plugin Particle Body Force)。

一个插件就是一个共享的库文件(Windows 系统下为动态链接库类型的文件)。也可以另外增加一个扩展名为 .txt 的文本文件，在这个文本文件中包含了可编辑的设置参数，用于对插件的功能进行调整。

在 EDEM 软件中已经提供了开发相应的插件所需的源文件，用户在开发自己的插件时可以在这些文件的基础上进行工作，采用合适的开发环境及编辑器，对源程序进行编译，生成新的插件，然后在仿真中使用这些插件即可。这些源文件位于安装 EDEM 软件的程序文件夹内的 src 目录中。其所在位置及 src 目录下所包含的所有内容如图 4-19 所示。

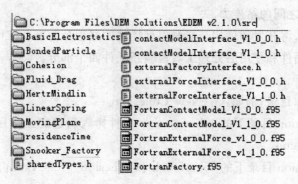

图 4-19　src 目录下包含的内容

2. 插件开发和应用的流程说明

完整的插件开发和使用的流程主要包含以下 5 个步骤：

(1)创建新的源文件。注意在源文件中包含必要的 src 目录下的头文件。

(2)对源文件进行代码编辑，使用的 API 接口函数的功能可参考软件自带帮助文档。

(3)使用开发工具将源文件编译生成动态库文件。

(4)在 EDEM 软件中通过 Option>File Locations 命令进行相应设置，以便 EDEM 在运行过程中可以找到编译生成的库文件。

(5)在创建仿真模型的过程中使用所开发的插件。

下面以开发自定义接触模型插件为例来说明开发插件的详细流程和使用插件的过程，图 4-20 为使用自定义接触模型插件进行仿真的一个结果图。

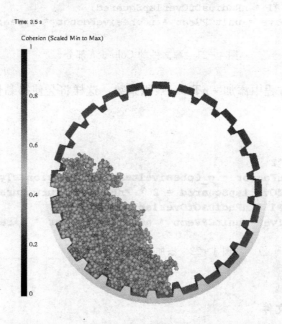

图 4-20　使用自定义接触模型插件的仿真结果

所要开发的接触模型插件是基于 EDEM 软件提供的接触模型,将包含跟时间有关的粒子之间和粒子与几何体之间的粘连力。

为学习方便起见,将开发和使用新接触模型插件的过程分为准备工作、建立和编译新的接触模型插件、使用新插件和使用后处理工具检验新插件四个部分。

3. 准备工作

(1)新建一个工作目录,例如:C:\New_Cohesion。

(2)将\src\Cohesion 目录下的 cohesion. cpp 文件拷入新建的工作目录内,并修改文件名为 variable_cohesion. cpp。

(3)将\src\Cohesion 目录下的 cohesion. h 和 cohesion_prefs. txt 这两个文件也拷入新建工作目录内。

(4)将\src 目录下的 contactModelInterface_V1_0_0. h 和 sharedTypes. h 这两个文件拷入新建工作目录内。

4.3.1 创建新的粘连模型

Step 1:添加时间系数(Time Factor)

(1)粘连是用能量密度值(nCohesiveFactor)乘以重叠面积(nArea)计算得到的。在源文件中找出 Cohesion 部分,如图 4 - 21 所示。

```
/* Cohesion */
//R^2 - (R - d)^2
double nCohesiveFactor = g_CohesiveItems.getCohesion(sType1, sType2);
double nRadiusOfOverlapSquared = 2 * *nPhysicalCurvature1 * *nOverlapN;
double nArea = PI * nRadiusOfOverlapSquared;
CVector F_cohesive = unitCPVect * nCohesiveFactor * nArea;
```

图 4 - 21   源文件的 Cohesion 部分

(2)向 F_cohesive 方程中添加 * nTime 乘积系数。这样将会使得黏性系数随时间线性增加,如图 4 - 22 所示。

```
/* Cohesion */
//R^2 - (R - d)^2
double nCohesiveFactor = g_CohesiveItems.getCohesion(sType1, sType2);
double nRadiusOfOverlapSquared = 2 * *nPhysicalCurvature1 * *nOverlapN;
double nArea = PI * nRadiusOfOverlapSquared;
CVector F_cohesive = unitCPVect * nCohesiveFactor * nArea * *nTime;
```

图 4 - 22   添加 nTime 乘积系数

(3)保存文件并退出。

Step 2:创建. dll 库文件

(1)开始编辑命令(Compiler's Command Prompt):

Start＞All Programs＞Visual C＋＋9. 0 Express Edition＞Visual Studio Tools＞Visual

Studio 2008 Command Promt。

（2）用 cd 命令浏览工作目录，例如：

cd C:\New_Cohesion。

（3）用下列命令编辑：

cl /O2 /D "WIN32" /LD variable_cohesion.cpp。

已经在工作目录中创建了文件 variable_cohesion.dll。

4.3.2　采用新的粘连模型

Step 1：加载新的接触模型（New Contact Model）

（1）启动 EDEM 并打开 cohesion.dem 文件进入仿真。

（2）将新的接触模型加载到 EDEM 中。选择 Options＞File Locations＞Contact Models，然后指向新创建的 dll 文件的位置。

（3）在 Physics 部分中，从 Interaction 下拉列表中选择 Particle to Particle（见图 4 - 23）。

（4）单击 ➕ 按钮并选择 variable_cohesion 接触模型。

（5）如果创建的接触模型包含有 Hertz Mindlin，从列表中将 Hertz Midlin(no slip)模型移除。

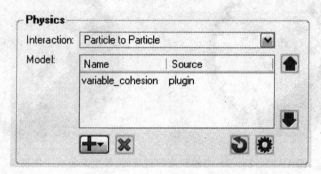

图 4 - 23　加载新的接触模型

（6）在 Physics 部分中从 Interaction 下拉列表中选择 Particle to Geometry。

（7）单击 ➕ 按钮，然后选择 variable_cohesion 接触模型。

（8）如果创建的接触模型包含有 Hertz Mindlin，从列表中将 Hertz Midlin(no slip)模型移除。

（9）单击 Geometry 标签。

（10）确保 Y 轴周期性边界可用。

（11）选择 File＞Save。

Step 2：运行仿真

本仿真中颗粒已经创建好了，到达稳定状态后模型开始仿真。

（1）单击 Simulator 按钮。

（2）单击 Start Progress 按钮，开始进行仿真。

4.3.3 EDEM Analyst:分析仿真结果

Step 1:结果可视化

如图 4-24~图 4-26 所示,观察仿真中颗粒的状态。

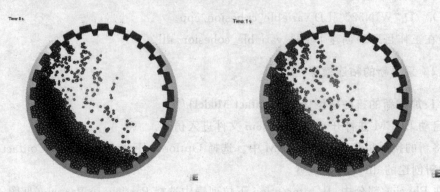

图 4-24   0s~1s:仿真开始与稳定状态并没有明显变化

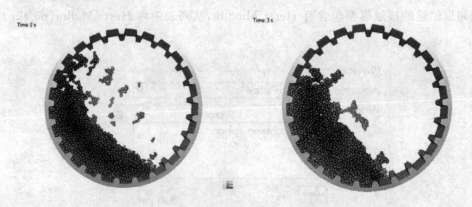

图 4-25   2s~3s:当颗粒落向衬板时,发生聚集成团块现象

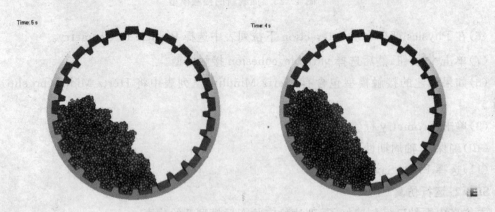

图 4-26   4s~5s:颗粒的粘连程度足以阻止颗粒从磨机中分离,所有颗粒形成一个块体

Step 2：绘制接触曲线

绘制一些接触曲线，观察颗粒随着粘连性增加的一些行为变化。

(1)在 Analyst 中单击工具条中的 Graph 符号。

(2)选择 Line Graph 标签，并设置 Element 和 x-axis，如图 4-27 所示。

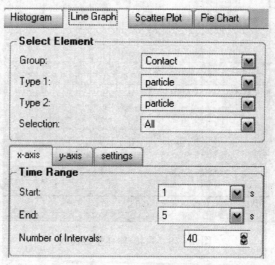

图 4-27　设置对话框

(3)单击 y-axis 标签，并在 Attribute 选择 Number of Contacts。

(4)单击 Creat Graph 按钮，绘制曲线，如图 4-28 所示。

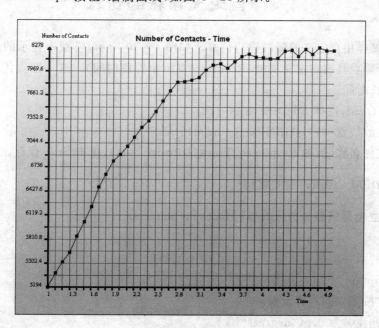

图 4-28　颗粒-颗粒接触曲线

颗粒-颗粒接触曲线表明了到达饱和点之前，接触数目随着时间逐步增加。

(5)将第二个选项改为 Particle to mill,创建新的图形,如图 4-29 所示。

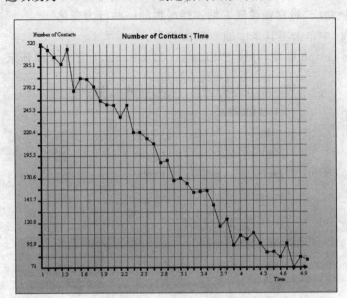

图 4-29   颗粒-筒体接触曲线

图 4-29 表明,与筒体接触的颗粒数目随着时间而下降,颗粒从单个冲击几何体转变为一个绕筒体转动的块体。与颗粒独立时相比,这单个质量的块体降低了对筒体的冲击。

4.4   自定义颗粒的仿真

本节介绍怎样用自定义的颗粒进行仿真。如图 4-30 所示,模型中显示的是物料转载例子,其中的各个颗粒具有自定义属性:Residence Time(停留时间)。这一性质代表了颗粒在仿真中停留了多长时间。

(1)启动 EDEM,选择 File>Save as…。

(2)选择存放位置(如 C:\EDEM_Tutorial)。

(3)输入文件名称(例如 Residence_Time_Tutorial.dem),单击 Save 保存。

4.4.1   EDEM Creator:建立模型

Step 1:建立全局模型参数(Global Model Parameters)

1. 选择单位

创建模型的第一步是设置整个 EDEM 中用到的单位。

(1)进入 Option>Units 菜单。

(2)将单位按照以下内容设置:

• Angle(角度)为 deg("degrees "度)。

• Angular acceleration(角加速度)为 deg/s^2。

• Angular velocity(角速度)为 deg/s。

• Length(长度)为 mm。

图 4 - 30　自定义颗粒仿真实例

2. 输入模型标题并进行描述

模型的标题和描述将会出现在数据浏览器窗口(Data Browser)内。

(1)单击标签面板中的 Global 标签。

(2)在 Simulation 部分中的 Title 标题框中输入"Residence Time"。

3. 设置物理模型

(1)如图 4 - 31 所示,从 Physics 中的 Interaction 下拉列表中选择 Particle to Geometry。

(2)单击**＋**按钮,并选择 Moving Plane(移动平面)接触模型。

(3)在模型列表中选择 Moving Plane,单击向上按钮，这样,Moving Plane 就会在 Hertz－Mindlin 前面先计算。

(4)在 Physics 部分中,从 Interaction 下拉列表中选择 Particle Body Force。

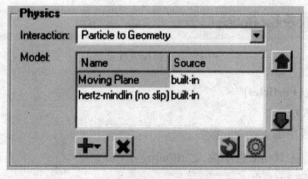

图 4 - 31　颗粒的物理模型选择

(5)单击**＋**按钮,选择 ResidenceTime plugin。

如果 Residence Time Plugin 不在列表中,选择 Option＞File Locations,并确保库文件在

Particle Body Force 文件夹中。

4. 设置重力(Gravity)并定义材料(Materials)

(1)确保 gravity 中,Z 方向是-9.81m/s²。

(2)在 Material 中,单击 Transfer 按钮,打开 Material/Intersections Transfer 对话框。

(3)将 steel 和 rock 从材料库中复制到仿真中。

5. 定义颗粒之间的相互作用(Intersections Between Materials)

(1)从 Material 的上面列表中选择 rock。

(2)单击 Interaction ✚按钮,弹出对话框后选择 rock。

(3)将系数设置如图 4-32 所示。

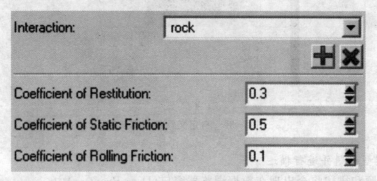

图 4-32　颗粒参数设置

(4)同样地,弹出对话框后选择 steel,系数按照图 4-33 所示设置。

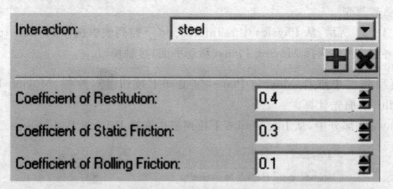

图 4-33　颗粒参数设置

Step 2:定义颗粒(Particles)

1. 创建第一个颗粒类型

(1)单击标签面板中的 Particle 标签。

(2)单击✚按钮,在 Name 栏中输入"100mm_diam"。

(3)表面半径为 50 mm。

(4)材料为 rock。

(5)单击 Calculate Properties 按钮,然后拾取 Surface 选项。

2. 创建第二类颗粒

(1)单击添加颗粒按钮✚,输入名字"50mm_diam"。

(2)将表面半径设置为 25 mm。

(3)材料为 rock。

(4)单击 Calculate Properties 按钮,选择 Surface 选项。

3. 校验用户自定义颗粒属性

(1)如图 4 - 34 所示,单击 Custom Properties 按钮,打开 Property Manager(属性管理器)。

(2)确保 Residence Time 在暂定属性(Tentative Property)中显示。选择 libResidence Time plugin 之前,就应该创建完成。

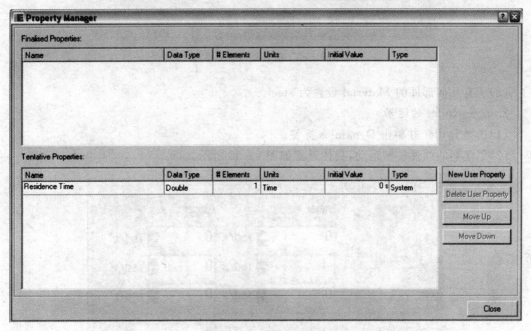

图 4 - 34　用户自定义颗粒设置属性管理对话框

开始仿真的时候自定义属性就移动到了最后部分(Finalized Section)。

(3)单击 Close,关闭属性管理器。

Step 3:定义仿真范围和几何体

1. 导入 rock - box 几何体

用于仿真的 rock - box 几何体已经在 CAD 软件包中建立好。

(1)在标签面板中单击 Geometry 标签。

(2)为了加速仿真,将仿真范围缩小,按照如图 4 - 35 所示设置。

(3)单击 Section 中的 Import(导入)按钮。

(4)指向文件 simple_rockbox. stp 并将其导入。

(5)Geometry Import Parameters 对话框出现,保持缺省设置,单击 OK。

(6)将测量单位设置为 mm。

(7)将 rock - box 三个部件重命名为 Chute,roller 和 Conveyor。

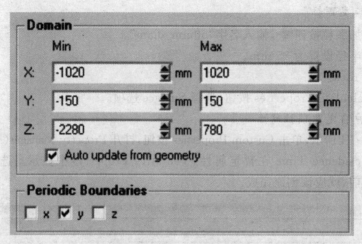

图 4 - 35   仿真域设置对话框

(8)所有几何部件的 Material 设置为 steel。

2. 设置 Roller 的运动

(1)选择 Roller 并单击 Dynamics 标签。

(2)创建新的线性旋转运动,具体设置如图 4 - 36 所示。

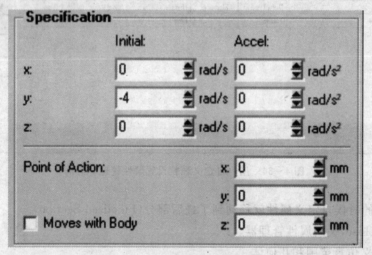

图 4 - 36   运动参数设置

3. 设置移动平面(Moving Plane)

(1)单击 Globals 标签。

(2)从 Particle to Geometry 部分中选择 Moving Plane 接触模型,单击 Configure 按钮。

(3)单击 ✚ 按钮,将 Conveyor 设置为移动平面(Moving Plane)。将线性速度设置如图 4 - 37所示。

4. 创建工厂形状(Particle Factory Plate)

(1)单击 Geometry 标签。

(2)单击 ✚ 按钮创建一个多边形,命名为 Polygon。

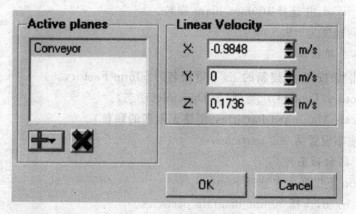

图 4 - 37　运动参数设置

（3）单击 Polygon 标签，设置如图 4 - 38 所示。

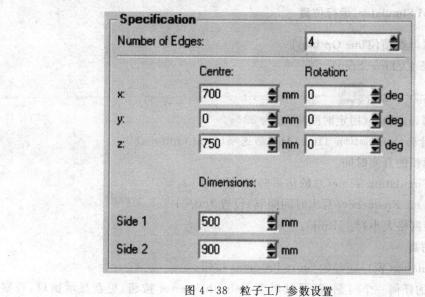

图 4 - 38　粒子工厂参数设置

（4）单击 Details 标签，并将 Type（类型）设置为 Virtual（虚拟）。

Step 4：创建颗粒工厂

创建两个颗粒工厂，每种颗粒创建一个工厂。

1. 创建第一个颗粒工厂

（1）单击 Factories 标签。

（2）单击 ✚ 按钮，创建新的工厂，命名为 100mm Factory。

（3）Factory Type 定义为 Dynamic（动态）。

（4）选择 Create Unlimited Particles。

（5）将 Creation Rate（创建速率）设置为 30 particles/s。

2. 设置工厂的初始条件（Factory's Initial Conditions）

（1）从 Section 下拉列表中选择 Factory。

(2)Type 为 fixed,并选择 100mm_diam 颗粒。

(3)设置 Z 向速度为－9.8 m/s。

3. 创建第二个颗粒工厂

(1)再次单击 ➕ 按钮,创建新的工厂,重命名为 50mm Factory。

(2)选择 Factory Type(工厂类型)为 Dynamic(动态)。

(3)选择 Create Unlimited Particles(创建无限多的颗粒)。

(4)将创建速率设置为 250 particles/s。

4. 设置工厂的初始条件

(1)从 Section 下拉列表中选择 Factory。

(2)Type 为 fixed,选择 50mm_diagram particles。

(3)Z 向速度为 9.8 m/s。

(4)选择 File>Save。

4.4.2　EDEM Simulator:运行仿真

Step 1:设置时间选项(Time Options)

1. 设置时间子步(Time Step)

(1)单击 Simulator 按钮 ▭

(2)将 Fixed Time Step(固定时间步)设为 33%。

2. 设置仿真时间(Simulation Time)和网格选项(Grid Options)

仿真时间是模拟的真实时间。

(1)将 Total Simulation Time(总的仿真时间)设为 10 s。

(2)将 Write Out Frequency(写出时间间隔)设置为 0.01 s。

(3)Grid Size(网格大小)为 5Rmin。

Step 2:运行仿真

(1)单击 Simulation 窗口底部的 Start Progress 按钮。

(2)在仿真中的任何一个时刻,都可以单击 Refresh Viewer 按钮,更新显示窗口,观察仿真的进行过程。

4.4.3　EDEM Analyst:分析仿真结果

Step 1:设置显示方式(Display)

主要是设置几何体的显示方式。

(1)转换到 Analyst 并单击 Model 标签。

(2)将 Chute 的不透明度(opacity)降低到 0.4 并单击 Apply。

Step 2:给单元着色

(1)如图 4-39 所示,单击 Coloring 标签。

(2)在 Attribute Coloring 中,选择 Residence Time。

(3)使得 Show Legend 可用。

(4)不用 Auto-update 选项,然后将最小值(蓝色)设为 0 s,最大值(红色)设为 10 s。

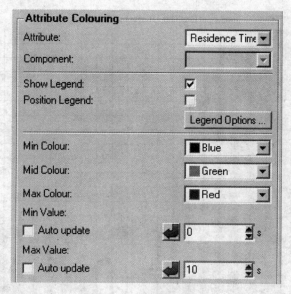

图 4－39　单元着色设置

（5）单击 Apply。

（6）单击 Play 按钮,注意随着时间的变化,颗粒是怎样由开始的蓝色变为绿色然后变为红色的。

Step 3:绘制柱状图

绘制关于停留时间(Residence Time)和颗粒数目的柱状图。

（1）单击 Create Graph 按钮。

（2）选择所有颗粒单元(All Particles Elements),如图 4－40 所示。

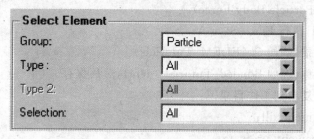

图 4－40　图形输出参数设置

（3）在 x-axis 标签中,将 Attribute 设置为 Residence Time。

（4）单击 y-axis 标签,将 Attribute 设置为 Number of Particles。

（5）单击跳到结尾的按钮 ,将仿真跳到结束点。

（6）单击 Settings 标签,使得 Current Time Step 可用。

（7）单击 Create Graph,绘制图形,如图 4－41 所示。

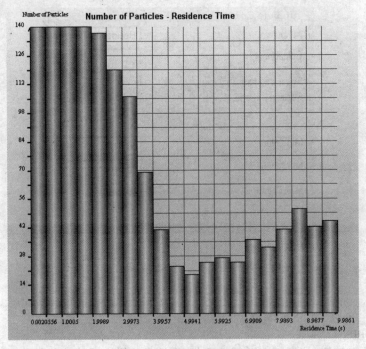

图 4-41　输出结果柱状图

4.5　球磨机物料破碎仿真

本节介绍如何用 EDEM 的 Bonded 颗粒模型进行仿真（见图 4-42），模型也采用用户定义工厂和颗粒体力（Particle Body Force）。

（1）启动 EDEM，执行 File＞Save As...命令。

（2）选择工作目录（例如 C:\EDEM_Tutorials）。

（3）输入文件名称（例如 Bonded_Tutorial.dem），然后保存。

（4）将以下文件复制到工作目录下：

ParticleReplacement.dll；

Particle_Replacement_prefs.txt；

Particle_Cluster_Data.txt。

4.5.1　EDEM Creator：创建模型

Step 1：建立全局模型参数（Global Model Parameters）

1. 选择单位

创建模型的第一步是设定仿真中用到的单位。

（1）进入 Options＞Units 菜单。

（2）设定单位如下：

• Angular velocity（角速度）为 rpm（转/分）。

• Length(长度)为 mm。

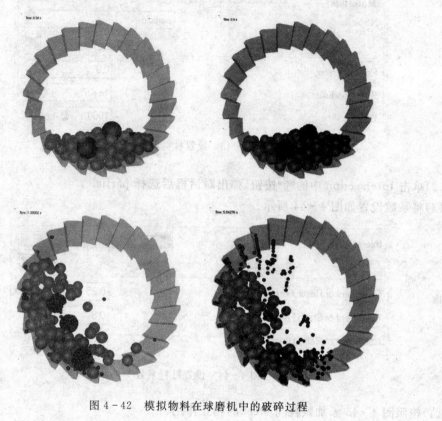

图 4-42　模拟物料在球磨机中的破碎过程

2. 输入标题并进行描述

模型的标题和描述将会出现在数据浏览器窗口中。

(1)单击标签面板中的 Globals 标签。

(2)在 Simulation 中的 Title 中输入名称 Grinding mill simulation involving the bonded particle model。

3. 编辑文件位置(File Location)

设置 EDEM 文件位置,读入复制到仿真中的用户库。

(1)浏览,Options>File Location。

(2)将 Particle Body Force 和 Factories 的目录设置到工作目录。

4. 设置重力并定义材料

(1)确定 Gravity 在 Z 方向为 -9.81 m/s²。

(2)在 Material 中,单击 Transfer 按钮,打开 Material/Interactions Transfer 对话框。

(3)从 Material(材料库中)选择 steel 进行复制。

(4)在 Material 上部单击 ➕ 按钮,定义新的材料。

(5)材料命名为 particle。

(6)设置泊松比,剪切模量和密度如图 4-43 所示。

5. 定义材料间的相互作用

(1)从 Material 上面的下拉列表中选择 particle。

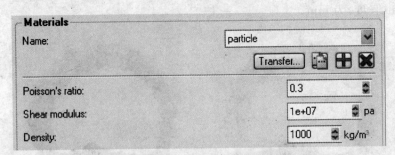

图 4-43　设置材料属性

(2)单击 Intersection 中的➕按钮,弹出对话框后选择 particle。

(3)将系数设置如图 4-44 所示。

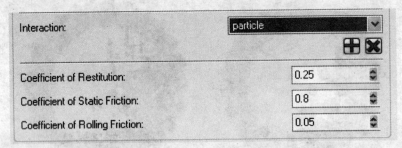

图 4-44　设置材料系数

(4)按照图 4-45 添加颗粒与 steel 的相互作用。

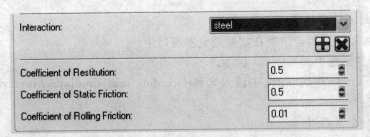

图 4-45　设置材料系数

Step 2:定义颗粒(Particles)

1. 创建第一类颗粒

(1)单击 Particle 标签。

(2)单击➕按钮,在 Name 域中输入名字 10mm_spheres。

(3)将 Radius of the Surface 设置为 10 mm。

(4)材料为 particle。

(5)单击 Calculate Properties 按钮,并拾取 Surface 选项。

2. 创建第二种颗粒

(1)再次单击➕按钮,输入名字 Fraction。

（2）将 Radius of Surface(表面半径)设定为 3mm。

（3）Contact Radius(接触半径)为 4mm。

（4）Material(材料)为 particle。

（5）单击 Calculate Properties 按钮,并拾取 Surface 选项。

3. 创建第三种颗粒

（1）单击 ✚ 按钮,输入名字 Whole。

（2）将 Radius of Surface 设置为 20mm。

（3）选择材料为 particle。

（4）单击 Calculate Properties 按钮,并拾取 Surface 选项。

Step 3:定义物理模型

（1）从 Physics 的 Interaction 下拉列表中选择 Particle to Particle。

（2）选择 Hertz-Mindlin(no slip)模型并单击 ✖ 按钮删除。

（3）单击 ✚ 按钮并选择 Hertz - Mindlin with Bonding 模型(见图 4 - 46)。

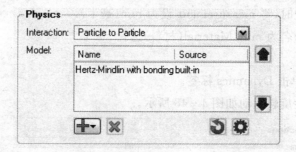

图 4 - 46　定义颗粒的物理模型

（4）单击设置按钮 ⬚ 定义黏结。

（5）添加 Fraction＋Fraction 黏结,并设置参数(见图 4 - 47)。

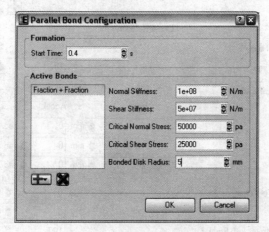

图 4 - 47　定义颗粒的参数

（6）从 Physics 中的 Interaction 列表中选择 Particle to Geometry。

（7）选择 Hertz – Mindlin(no slip)模型并单击✖按钮删除。

（8）单击➕按钮，选择 Hertz-Mindlin with Bonding built in 模型。

用 Hertz-Mindlin with Bonding 模型的时候颗粒并不与几何体黏结，添加 particle-geometry interaction 是为了使得物理半径和接触半径的不同能够被考虑进来。

Step 4：定义仿真范围和几何体

1. 导入磨机的几何体模型

磨机的几何体模型在其他 CAD 压缩包中建好，可直接导入。

（1）单击 Geometry 标签。

（2）在 Sections 部分中，单击 Import 按钮。

（3）找到文件 grinding_mill.stp 并导入。

（4）出现 Geometry Import Parameters（几何体导入参数）对话框，保持所有的值为默认值。

（5）弹出测量单位时，将 measurement 设为 mm（毫米）。

（6）将几何体重命名为 mill，Material（材料）选择 steel。

2. 设定运动

（1）选择 mill 并单击 Dynamics 标签。

（2）创建新的线性旋转运动如图 4 – 48 所示。

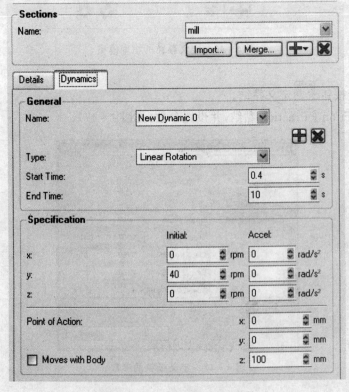

图 4-48　定义磨机的运动参数

3. 创建颗粒工厂形状(Particle Factory Geometry)

(1)单击 Geometry 标签。

(2)单击➕按钮创建新的 cylinder(圆柱体),命名为 factory。

(3)单击 Cylinder 标签,设置如图 4-49 所示。

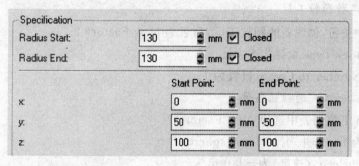

图 4-49 定义颗粒工厂的外形参数

(4)单击 Details 标签并将 Type(类型)设置为 physical,将 Material 设置为 steel。

4. 创建外圆柱体(Outer Cylinder)

(1)单击 Geometry 标签。

(2)单击➕按钮创建新的 cylinder(圆柱体),命名为 outer_walls。

(3)单击 Cylinder 标签,设置如图 4-50 所示。

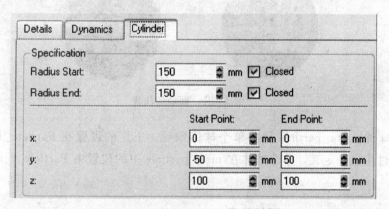

图 4-50 定义颗粒工厂的几何模型

Step 5:创建颗粒工厂

创建两个颗粒工厂,对应两种颗粒。

1. 创建第一种颗粒工厂

(1)单击 Factories 标签。

(2)单击➕按钮创建新的工厂(Factory),重命名为 New Factory 1。

(3)将工厂类型(Factory Type)设置为 static。

(4)Total Number to Create(总颗粒数目)为 3。

2. 设置第一种工厂的初始条件

(1)在 Section 下拉列表中选择 New Factory 1。

(2)Type 为 fixed,并选择 Whole。

(3)Z 方向 velocity(速度)为 -1.0 m/s。

3. 创建第二种颗粒工厂

(1)单击 ✚ 按钮,创建新的颗粒工厂,命名为 New Factory 2。

(2)将 Factory Type 设置为 Static。

(3)Total Number to Create 设置为 1。

4. 设置第二种工厂的初始条件

(1)Section 下拉列表中选择 New Factory 2。

(2)Type 为 fixed,并选择 10mm_spheres。

(3)Z 方向 velocity(速度)为 -1.0 m/s。

5. 添加用户自定义工厂

选择 Import 并选择 Particle Replacement。

用户工厂已经写好并编辑。工厂的颗粒体力在特定的时间点将所有的 Whole 颗粒移除,并用很多 Fraction 颗粒组成的 meta - particle 代替(见图 4 - 51)。

图 4 - 51　颗粒的代替

　　用多个球体 meta_particle 代替单个球体颗粒。工厂的设置在 Particle_Replacement_prefs. txt 文件中已经定义。单个球体在 meta particle 中的位置由 Particle_Cluster_Data. txt 文件控制。

4.5.2　EDEM Simulator:运行仿真

Step 1:设置时间选项(Time Options)

1. 设置时间步长(Time Step)

(1)单击 Simulator 按钮 ▦ 。

(2)设定 Fixed time step (固定时间步长)为 20%。

2. 设定 Simulation Time(仿真时间)和 Grid Options(网格选项)

仿真时间是仿真模拟的真实时间。

(1)设置 total simulation time(总的仿真时间)为 5 s。

(2)将 write out frequency(数据写出时间间隔)设置为 0.005 s。

(3)设定 Grid Size(网格大小)为 6Rmin。

Step 2：运行仿真

(1)单击仿真窗口底部的 Start Progress 按钮。

(2)在仿真中的任意时刻可以单击 Refresh Viewer 按钮,观察仿真的进行情况。

4.5.3　EDEM Analyst：分析仿真结果

Step 1：设置显示方式(Display)

设置几何体的步骤如下：

(1)进入 Analyst 并单击 Model 标签。

(2)将 Mill 的不透明度(opacity)减少为 0.8,单击 Apply。

(3)选择 Factory,de‐select(不选择),单击 Apply。

(4)选择 outer_walls,de‐select(不显示),单击 Apply。

Step 2：给单元着色(Coloring Element)

(1)单击 Coloring 标签。

(2)对于不同颗粒类型：Whole,Fraction 和 10mm_particle,选择不同颜色。

(3)单击 Play 按钮观察颗粒的破碎过程。

Step 3：绘图

(1)进入绘图工具,单击 Line Graph 标签(绘制曲线图)。

(2)X-axis 为 time,并按照图 4‐52 所示设置。

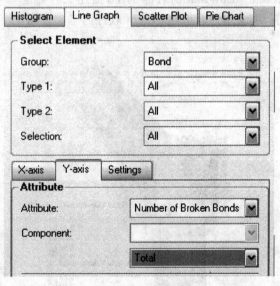

图 4‐52　绘图设置

(3)单击 Create Graph,绘制折线图如图 4‐53 所示。

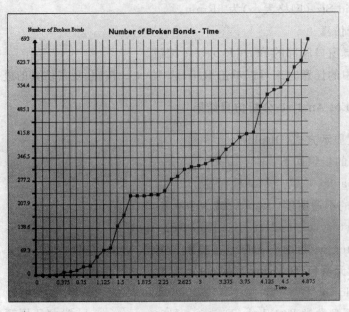

图 4 - 53　破碎的粒子曲线图

4.6　耦合 FLUENT 的欧拉法仿真

本节介绍一个 Eulerian－Eulerian 仿真的例子,描述怎样建立一个耦合的 2－相(phase)EDEM－FLUENT 仿真,要求用户有运用 Fluent 软件的基础。图 4－54 显示的是一个管中的矩形横断面。

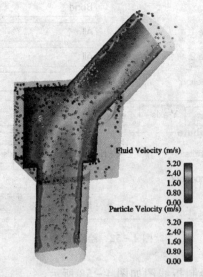

图 4 - 54　EDEM 与 FLUENT 耦合仿真

4.6.1　在 FLUENT 软件中建立模型

Step1：建立仿真的液相（Fluid Phase）

1. 导入并按照一定比例调节划分网格的文件

（1）启动一个三维 FLUENT。

（2）选择 File＞Read＞Case，并找到 intersection_vertical. Msh。单击 OK 导入划分好网格的文件。

（3）选择 Grid＞Scale，确保"Grid Was Created In"被设置为米（m）。注意最大和最小的单元体积（$8.6 \times 10^{-8} \sim 1.3 \times 10^{-6} \mathrm{m}^3$）。

当局部固体体积系数小于 10% 的时候可以用 Lagrangian 模型。本例中，颗粒的体积足以影响流体流动，因此用 Eulerian 模型。对于 Eulerian 模型，颗粒体积与单元体积的比值十分重要：如果有多于 50% 的单元体积是固相，那么动量（Momentum）和体积分数松弛因子（Volume Fraction Relacation Factors）应当被调小。

2. 设置材料（Materials）和操作条件（Operating Conditions）

（1）选择 Define＞Materials。

（2）单击 Fluent Database，选择 water‐liquid。单击 Copy 然后关闭。

（3）选择 Define＞Operating Conditions。

（4）设置 Gravity，Z 方向为 $-9.81 \mathrm{m/s}^2$，单击 OK。

3. 设置边界条件（Boundary Conditions）

（1）选择 Define＞Boundary Conditions（边界条件）。

（2）点击 Zone 部分中的 fluid，然后点击 Set。

（3）从 Material Name 下拉列表中选择 water‐liquid，然后选择 OK。

（4）单击 Zone 部分中的 inlet，并在 Type 中单击 velocity‐inlet，单击 Set。

（5）设置 Velocity Magnitude 为 5 m/s，单击 OK。

Step 2：设置仿真参数

二相仿真不能是稳恒态，因此必须设置一个依赖于时间的仿真。计算出流体流动参数（如雷诺 Reynolds 数），然后据此设置仿真。可用的黏性模型是 Laminar，k‐epsilon 和雷诺应力（Reynolds Stress）。

（1）选择 Define＞Models＞Solver。

（2）将时间（time）设置成 Unsteady，单击 OK。

（3）选择 Define＞Models＞Viscous。

（4）选择 k‐epsilon，单击 OK。

（5）选择 File＞Write＞Case 保存 case 文件为 vertical_intersection. cas。

4.6.2　设置 EDEM 面板并启动 Creator

（1）选择 Define＞Models＞EDEM。

（2）单击 New，创建一个新的 EDEM 输入平台。另存为 vertical_intersection. dem。

（3）将单位设置成 m（米）。

（4）在 Launch 部分单击 Creator，启动 EDEM。

网格文件和重力方向就从 Fluent 中导入进来了。

(5)将 Display Model(显示模式)设置为 mesh(网格):仅仅是墙壁(wall)从 Fluent 中导入进来,速度输入(Velocity inlet)和输出(outlet)不显示。

4.6.3 EDEM Creator:创建模型

Step 1:设置仿真固相

1.输入模型标题并进行描述

(1)在标签面板中单击 Globals 标签。

(2)在 Simulation 部分,Title 区域内输入标题(title)"2 - Phase Eulerian"。

模型标题和描述就会显示在数据浏览(Data Browser)窗口中。

2.定义材料

(1)建立新的材料,命名为 particle,按照图 4-55 所示设置材料的参数。

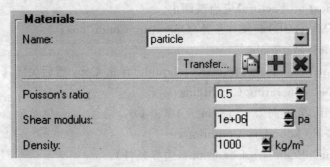

图 4-55 设置材料参数

(2)单击 Transfer 按钮,打开 Material/Intersections Transfer 对话框。

(3)从材料数据库中将 steel 复制到仿真中。

(4)设置材料的 Intersections,包括 particle - particle 和 particle - steel(用缺省值)。

Step 2:定义 Base Particle

创建一个 2-球体颗粒的步骤如下:

(1)在面板标签中单击 Particle 标签。

(2)选择 ➕,并在名字栏中输入名称 Eulerian particle。

(3)将表面半径设置为 2 mm。

(4)设置 Position X 为-0.5 mm。

(5)单击 ➕ 按钮创建一个新的表面。

(6)将表面半径设为 2 mm。

(7)将 Position X 设置为 0.5 mm。

(8)将 Material 设置为 particle。

(9)单击 Calculate Properties。注意颗粒的体积和网格单元体积。

这些颗粒的体积位于最大网格体积和最小网格体积之间。一些单元的固相可能达到了最大填充体积,严重影响了流体流动。因此,在 Eulerian-Eulerian 模式下运行仿真。

Step 3:定义几何体

1. 定义几何体材料

(1)单击 Geometry 标签。网格已经自动导入。

(2)将几何体的名字改为 intersection。

(3)在 Details 标签中,从 Material 下拉菜单中选择 steel。

下面讲述创建颗粒工厂形状(Plate)。运行 2-相仿真时,工厂必须在几何体内。如果工厂在仿真区域的边界上(换句话说,z 是 0),颗粒就会在那个边界上创建。在 EDEM 软件中这不算问题,但是在 Fluent 软件中将会看到颗粒的一部分出了仿真区域,并试图寻找一个网格单元来包含体积。这将会减缓仿真速度。

(1)在 Section 中单击➕按钮,选择 Polygon,将其命名为 factory。

(2)Type 设置为 Virtual。

(3)单击 Polygon 标签,按照如图 4-56 所示设置。

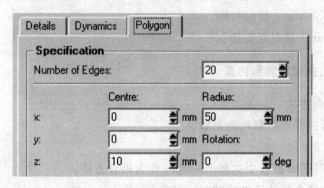

图 4-56　定义粒子工厂的几何参数

Step 4:创建粒子工厂

1. 创建颗粒工厂并设置工厂类型

(1)单击 Factories 标签。

(2)单击➕按钮创建一个新的工厂。

(3)设置工厂类型为 Dynamic(动态)。

(4)选择创建 Unlimited Particles(无限多颗粒)。

(5)设置 Creation Rate 为 $2.5 \times 10^{+3}$ 颗粒/s。

2. 设置初始条件

(1)确保在 Section 下拉列表中选择了 factory。

(2)Velocity 为 linear 或者 spray,单击 Settings 按钮。

(3)将 Z 方向的速度设置为 5 m/s。

(4)选择 File>Save,接着将关闭 EDEM Creator 窗口。

4.6.4　EDEM Simulator 求解器

Step 1:设置时间和网格选项(Grid)

1. 设置时步

(1)从 Fluent 中,选择 Define>Models>EDEM。

(2)在 Launch 部分中单击 Simulator 启动 EDEM。

(3)设置时间步长为 39%。

这样设置的实际时间步长为 8×10^{-5} s。EDEM 与 Fluent 仿真时间步长的比值一般在 1∶1到 100∶1 间变化。EDEM 时间步长不能比 Fluent 时间步长长。

2. 设置数据写出频率

设置写出时间间隔为 0.01 s。

如果需要及时返回,从设定点重新启动二相仿真,就必须在 Fluent 中选择自动保存和数据选项。Case 文件包含对应于设定时间点流体流动的 EDEM 时间步长,注意到 EDEM 写出频率与 Fluent 时间步长的比值十分重要。

3. 设置网格选项

设置 Grid size 为 3.5Rmin,这就产生了 60 000 网格单元。

4. Track Collisions(追踪碰撞)

(1)在 Track Collisions 前面打钩。

(2)关闭 Simulator 来保存变化。

4.6.5　Fluent:完成设置和仿真

Step 1:设定耦合方法

选择耦合方法,抽样点数和松弛系数。

1. 建立二相仿真

(1)从 Fluent EDEM 面板中选择 Eulerian 作为耦合方法。

(2)高亮显示在耦合流体区域内的"fluid"区域。

本仿真中仅仅有一个"fluid"流域。更复杂的模型的流域可能多于一个,只有包含有颗粒的流域需要与 EDEM 链接。每次仿真离开 Fluent 进入 EDEM,链接区域内所有相关数据都进入 EDEM 中。降低链接区域的数目能够减少两个软件之间的转移的数据,从而增加仿真速度。

(3)将 Sample Points 设为 10。

这是 Fluent 用来计算一个单元内的体积系数的点数。如果抽样点设置为 10,很多颗粒能够在 10 单元间转移体积。增加抽样点数也就增加了仿真的稳定性,但是降低了仿真速度。

(4)将 momentum("MTM")under‐relaxation 设置为 0.7。

降低松弛系数能够增加稳定性,从而能够得到一个收敛解,但是当松弛系数较高的时候收敛就很难实现。然而,较低的松弛系数可能要花费很多次的迭代才达到收敛。

(5)将 volume under‐relaxation 设为 0.6。

(6)单击 OK。

Fluent 现在将运行一系列预设命令,并将多相 Eulerian 模型运用到仿真中。注意功能控制(Function Hooks)和边界条件(Boundary Conditions):设置了两个 Function Hooks(Define＞User Defined＞Function Hooks)。

　• EDEM:edem_udf 是自动设置的,用于在 EDN 处执行(Execute)。

　• read_case:edem_udf 用于 Read Case function hook。

2. 初始化并在 Fluent 中设置文件选项

(1)初始化求解。

a. Solve＞Initialize＞Initialize。

b. 从 Inlet 中选择 Compute,单击 Init,然后单击 Close。

(2)设置自动保存和数据选项,每 25 次迭代保存一次。

a. 选择 File＞Write＞autosave。

b. 将两个 File Frequency(文件频率)选项都设置为 25 次迭代。时间步长为 2×10^{-3} s 时,数据文件每 0.05 s 保存一次。

c. 输入文件名和地址,保存,并单击 OK。

(3)选择 File＞Write＞Case&Data,保存 case(.cas)和 data(.dat)文件。

3. 设置 Fluent 中的时间设置(Time Setting)

(1)选择 Solve＞Iterate,设置 Time Step Size (时间步长)为 2×10^{-3},这是 EDEM 时间步长的 25 倍。

(2)设置 Number of Time Steps(时间子步数目)为 500,仿真在总的仿真时间内运行 1 s。

(3)将每个时间步长内的最大迭代设为 60,对于 Eulerian Eulerian 仿真,一般为 50~200。

(4)选择 Iterate,运行仿真。一旦流体相收敛或者最大迭代数目达到了,EDEM 将会自动运行。

4.6.6　EDEM Analyst:后处理

Step 1:创建图形(Create Graphs)

1. 创建颗粒-颗粒相对速度的柱状图

(1)从 Fluent 中选择 Define＞Models＞EDEM。

(2)在 Launch 部分中单击 Analyst,启动 EDEM。

(3)单击 Create Graph 按钮 。

(4)在 Histogram 标签中,设置 Select Element 选项,如图 4-57 所示。

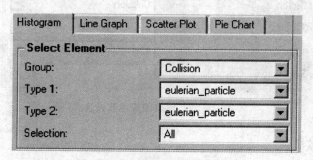

图 4-57　输出结果参数设置

(5)在 X-axis 标签中:

a. 将 Attribute 设为 Relative Velocity。

b. 将 Component 设置为 Magnitude。

(6)在 Y-axis 标签中:

a. 将 Primary Attribute 设为 Number of Collisions（碰撞次数）。

b. 将 Component 设为 Total。

（7）单击 Create Graph 按钮。一旦 EDEM 产生了图形数据，柱状图就显示出来了（见图 4 - 58）。

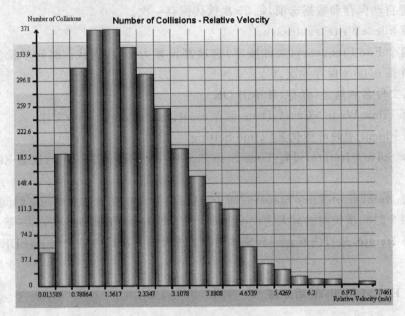

图 4 - 58　输出结果：柱状图

2. 创建颗粒-几何体相对碰撞速度的柱状图

（1）在 Histogram 标签中，将 Select Element 选项设置为如图 4 - 59 所示。

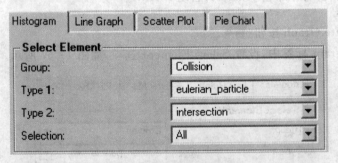

图 4 - 59　输出图像参数设置

（2）X - axis 标签中：

a. 将 Attribute 设为 Relative Velocity。

b. 将 Component 设置为 Magnitude。

（3）在 Y-axis 标签中：

a. 将 Primary Attribute 设为 Number of Collisions（碰撞次数）。

b. 将 Component 设为 Total。

（4）单击 Create Graph 按钮。一旦 EDEM 产生了图形数据，柱状图就显示出来了（见图

4 - 60)。

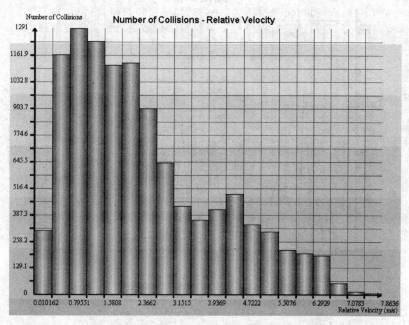

图 4 - 60　输出结果：柱状图

3. 创建所有时间内的几何体上的合力的曲线图(Line Graph)

(1)选择 Line Graph 标签。

(2)按图 4 - 61 设置 Select Element 选项。

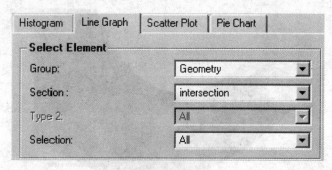

图 4 - 61　输出结果设置

(3)在 X-axis 标签中,将 Intervals(间隔)设置为 50。

(4)在 Y-axis 标签中:

a. 将 Primary Attribute 设置为 Total Force

b. 将 Component 设置为 Magnitude Total。

(5)单击 Create Graph 按钮。如果 EDEM 完成了绘图数据的产生,则曲线图如图 4 - 62 所示。

颗粒-颗粒碰撞数据可以用于分析颗粒破碎,几何体上的合力经常用于磨损计算。

所有数据都可用于以上绘图,或者从 Analyst File＞Export Data 选项以 text 文件导出。

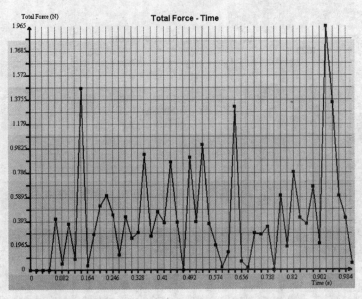

图 4 - 62   几何体上的合力的曲线

4.7   耦合 Fluent 用欧拉-拉格朗日法仿真

本节介绍创建耦合的二相 EDEM - Fluent 仿真的实例,图 4 - 63 显示的是颗粒在管子中的流动。颗粒很小,占据很小的空间,因此可以用 Eulerian—Lagrangian 方法耦合。

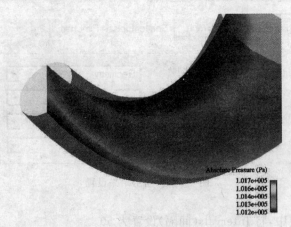

图 4 - 63   EDEM 与 Fluent 耦合仿真结果

4.7.1   Fluent:建立模型

Step1:建立仿真的流体相

1. 导入并按比例缩放网格文件

(1)启动三维 FLUENT。

(2)选择 File＞Read＞Case,并找到 Curve_tube. msh. 。单击 OK 导入网格文件。

(3)选择 Grid＞Scale.确保"Grid Was Created In"被设置为 m。注意单元体积的最大值和最小值($8.6 \times 10^{-8} \sim 1.3 \times 10^{-6}$ m³)。

仿真中所用的颗粒体积为 5.24×10^{-10} m³。局部体积系数并没有超过10％,因此可以用 Lagrangian 耦合方法。

2. 设定材料和操作条件

(1)选择 Define＞Material。

(2)单击 Fluent Database,然后选择 water - liquid,单击 Copy,Close。

(3)选择 Define＞Operating Conditions。

(4)选择 Enable,并将 Gravity,Z 方向设置为-9.81m/s²。单击 OK。

3. 设置边界条件

(1)选择 Define＞Boundary Conditions。

(2)单击 Zone 部分中的 fluid 然后单击 Set。

(3)从 Material 下拉菜单中选择 water-liquid。

(4)在 Zone 中单击 inlet,在 Type 部分中单击 velocity - inlet,并单击 OK。

(5)将 Velocity Magnitude(速度值)设置为 1 m/s,单击 OK。

Step 2:设置仿真参数

二相仿真不可以是稳恒态,因此必须设定一个与时间相关的仿真。应该先计算出流体的流动参数(例如雷诺数目),然后据此设置仿真。可用的黏性模型是 Laminar,k - epsilon 和 Reynolds Stress。

(1)选择 Define＞Models＞Solver。

(2)将 Time 设定为 Unsteady,单击 OK。

(3)选择 Define＞Models＞Viscous。

(4)选择 k-epsilon,然后单击 OK。

(5)选择 File＞Write＞Case,将 case 文件另存为 Curve_tube. cas.。

4.7.2　设置 EDEM 面板并启动 Creator

(1)选择 Define＞Models＞EDEM。

(2)单击 New,创建新的 EDEM 输入面板(Input Deck),另存为 curved_tube. dem。

(3)将单位设置为 m(米)。

(4)在 Launch 中单击 Creator 启动 EDEM。

网格文件和重力方向就从 Fluent 中导进来了。将显示方式(Display Mode)设定为 Mesh:仅仅是墙壁(wall)从 Fluent 被导入进来,速度输入和输出并不显示。

4.7.3　EDEM Creator:建立模型

Step1:设置仿真的固相

1. 输入模型标题并进行描述

模型的标题和描述将会出现在数据浏览窗口(Data Browser)。

(1)单击 Tabs 面板中的 Globals 标签。

(2)在 Simulation 部分中的标题栏中输入标题"2 - Phase Lagrangian simulation of Particles in a curved pipe"。

2. 定义材料

(1)对于颗粒的材料，设置泊松比、剪切模量和密度如下：

泊松比为 0.5(Poisson's ratio)。

剪切模量为 1×10^6 Pa。

密度为 1 200 kg/m^3。

(2)单击 Transfer 按钮，打开 Model/Interaction Transfer 对话框。

(3)从材料库中将 steel 复制到仿真中。

(4)设置颗粒-颗粒和颗粒-钢的相互作用(interaction)(用缺省值)。

Step 2：定义基本颗粒(Base Particle)

(1)单击标签面板中的 Particle 标签。

(2)单击 ➕ 按钮，在 Name 栏中输入名称"Lagrangian particle"。

定义表面和属性步骤如下：

颗粒由一个或者多个球面组成。本例中，采用一个表面的颗粒。

(1)设置表面半径为 0.5 mm。

(2)设置材料为"particle material"。

(3)单击 Calculate properties(计算属性)。注意颗粒体积和网格单元的体积。

Step 3：定义几何体

1. 定义几何体材料

(1)在标签面板中单击 Geometry 标签，网格单元就会自动导入。

(2)将几何体的名字改为 curved_tube。

(3)在 Details 标签中，从材料下拉列表中选择 steel。

2. 创建颗粒工厂平板。

(1)在 Section 中单击 ➕ 按钮，选择 Polygon。

(2)将多边形 Polygon 命名为 factory。

(3)单击 Polygon(多边形)标签，并按图 4-64 设置。

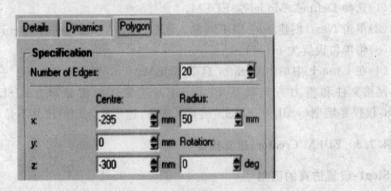

图 4-64　颗粒工厂参数设置

(4)单击 Details 标签，将类型设置为 virtual。

(5)设置表面的法向(x,y,z)为(1,0,0)。

Step 4：创建颗粒工厂

1. 创建颗粒工厂

(1)单击 Factories 标签。

(2)单击 ➕ 按钮创建新的颗粒工厂。

2. 设定工厂类型

(1)将工厂类型 Type 设置为 Dynamic。

(2)选择 Create Unlimited Particles。

(3)设定创建速率为 200 颗粒/s。

3. 设置工厂参数

(1)将 Section 设定为已经创建的多边形(Polygon)，命名为 factory。

(2)选择 File>Save。速度为 0 的颗粒就产生了，并获得流体的速度。

现在已经完成模型的固相。接下来，我们重新回到 Fluent-EDEM 面板中并启动 Simulator 进行仿真。

4.7.4　EDEM Simulator

Step1：设置时间

设定时间步长和数据写出频率

(1)从 Fluent 中选择 Defined>Models>EDEM。

(2)单击 Launch 部分中的 Simulator，启动 EDEM。

(3)将时间步长(Time Step)设为 35%。

(4)设定 Write Put Frequency(数据写出时间间隔)为 0.005 s。

Step 2：设定网格选项

(1)将 Grid Size(网格大小)设定为 11Rmin。这样将产生 78 000 个网格单元。

(2)关闭 Simulator，保存这一改动。

4.7.5　Fluent：完成设置并进行仿真

Step1：设定耦合方法

选择耦合方法、抽样点数和松弛系数。

1. 建立二相仿真

(1)在 Fluent EDEM 面板中，选择 Lagrangian 作为耦合方法。

(2)高亮耦合流体区域的 fluid 区域。

(3)将抽样点(sample points)设为 10。

(4)设定 momentum relaxation factor(动量松弛系数)为 0.7。

(5)单击 OK。

Fluent 将会运行很多预设命令并将多相 Lagrangian 模型用到仿真中。

2. 在 Fluent 中初始化并设置文件选项

(1)初始化求解。

a. 选择 Solve>Initialize>Initialize。

b. 从 Inlet>Init>Close 中选择 compute。

(2)设置自动保存和数据写出选项。

a. 选择 File＞Write＞Autosave。

b. 输入文件名和保存地址。

c. 将 Autosave Case File Frequency 和 Autosave Data File Frequency 设为 50 iterations。当时间步长为 1×10^{-3} s 时,数据文件每 0.05 s 保存一次。

(3)选择 File＞Write＞Case&Data 保存 case 文件(.cas)和 data(.dat)文件.。dat 文件包含流体(和固体)流动信息.。cas 文件包含颗粒、边界条件和其他仿真参数,以及与 EDEM 时间步长和 EDEM 文件地址对应的信息。随着仿真的进行和 case 以及 data 文件的自动保存,对应的 EDEM 时间也会被保存到.cas 文件中。

Step 2:设置 Fluent 中的 Time Setting(时间设置)

(1)选择 Solve＞Iterate,然后将 Time Step Size 设置为 1×10^{-3},这是 EDEM 时间步长的50 倍。

(2)设定 Number of Time Steps 为 1 000,总的仿真时间为 1 s。

(3)设定每个时间步长中的 max iterations(最大迭代)为 20,对于 Eulerian-Lagrangian 仿真,该值一般为 20~50。

(4)选择 Iterate 运行仿真。一旦流相收敛或者是达到了最大迭代次数 EDEM 将会自动启动。

4.8　EDEM 与 Easy 5 耦合仿真

本节介绍 EDEM-Easy 5 联合仿真的建模、仿真和分析。图 4-65 显示的是平板落到一盒子颗粒上的情景。本节既强调了建立合适的 EDEM 和 Easy 5 仿真的方法,又强调了两者联合的方法。

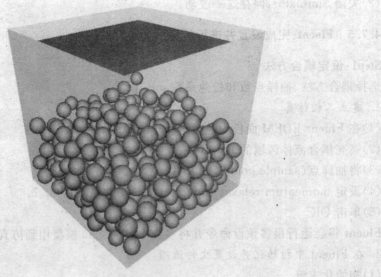

图 4-65　平板落到球体颗粒的模型

（1）启动 EDEM。

（2）选择 File＞Save as...。

（3）选择存放位置（如 C：\EDEM_Tutorial）。

（4）输入文件名称（例如 Piston_Tutorial. dem），单击 Save 保存。

4.8.1　EDEM Creator：建立模型

Step 1：建立全局模型参数（Global Model Parameters）

1. 选择单位

创建模型的第一步是设置整个 EDEM 中用到的单位。

进入 Option＞Units 菜单，将 Length（长度）单位设置为 mm。

2. 输入模型标题并进行描述

模型的标题和描述将会出现在数据浏览器窗口（Data Browser）。

（1）单击标签面板中的 Global 标签。

（2）在 Simulation 部分中的 Title 标题框中输入"Easy 5 Demo"。

（3）在 Description 域中输入描述的文字。

3. 设置重力（Gravity）并定义材料（Materials）

（1）确保 Gravity 中，Z 方向是 -9.81m/s^2。

（2）在 Material 中，单击 ✚ 按钮，创建新的材料。

（3）高亮显示材料，并重命名为 rubber。

（4）按照如图 4-66 所示设置泊松比、剪切模量和密度。

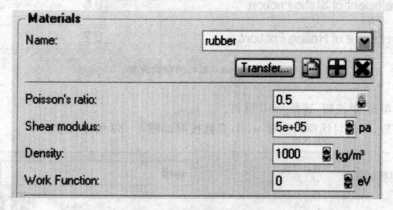

图 4-66　设置材料属性

4. 定义几何体材料

（1）单击 ✚ 按钮，创建新的材料，命名为 Wall。

（2）按照图 4-67 所示设置泊松比（Poisson's ratio）、剪切模量（Shear modulus）和密度（Density）。

5. 定义颗粒之间的相互作用（Intersections Between Materials）

（1）从 Material 的上面列表中选择 rubber。

（2）单击 Interaction 选项下 ✚ 按钮，弹出对话框后选择 rubber。这样将定义材料为

rubber的单元的相互作用。

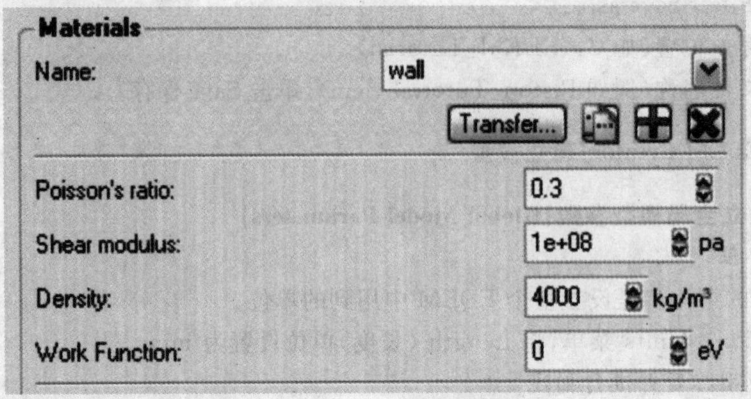

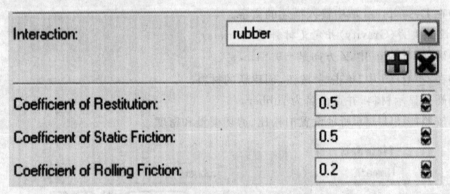

图 4 - 67　设置材料属性

（3）参数设置如图 4 - 68 所示。

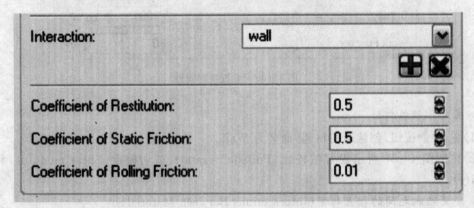

图 4 - 68　颗粒的参数设置

（4）再次单击✚按钮，选择 wall 材料。

（5）同样地，弹出对话框后选择 wall，参数按照如图 4 - 69 所示设置。

图 4 - 69　颗粒的参数设置

Step 2：定义基础颗粒（Particles）

本模型中使用的颗粒类型在 Particle 标签中建立。这些是基础颗粒或者是原型颗粒（Prototype Particles）。

1. 创建新的颗粒

（1）单击标签面板中的 Particle 标签。

（2）单击 ➕ 按钮，在 Name 栏中输入"100mm"。

2. 定义半径和属性：

（1）表面半径为 50 mm。

（2）材料为 rubber。

（3）单击 Calculate Properties 按钮，然后拾取 Surface 选项，确保 Automatically Center Particles 可用。

Step 3：定义几何体

1. 使得 Dynamics Coupling（动态耦合）可用

（1）单击 Geometry 标签。

（2）设置 Enable Coupling 可用（见图 4-70）。

图 4-70　设置动态耦合

2. 创建颗粒盒子（Particle Box）

（1）在 Section 中单击 ➕ 按钮，选择 Box。将系统缺省命名的 Box1 重命名为 box。

（2）单击 Box 标签，并且不采用 Side 1，用开放的盒子。

（3）设置中心（Center）和尺寸（Dimensions）如图 4-71 所示。

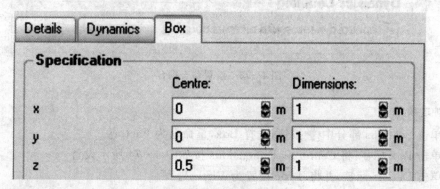

图 4-71　设置 Box 参数

（4）从 Details 标签中，Material 选择为 wall。

3. 创建工厂形状

（1）在 Sections 部分中单击 ➕ 按钮，选择 Polygon，重命名为 Plate。

（2）单击 Polygon 标签，并如图 4 - 72 所示设置参数。

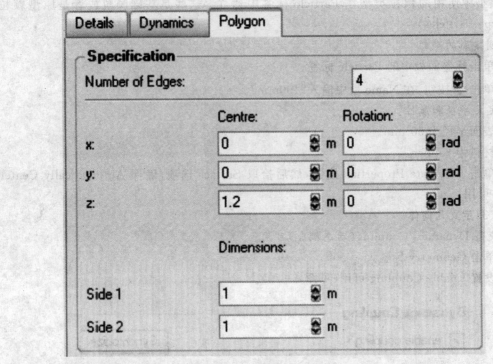

图 4 - 72　设置工厂形状参数

（3）从 Details 标签中，将 Material 设置为 Wall。

（4）单击 Dynamics 标签，并使得带有内部耦合的控制运动的检验栏可用（见图 4 - 73）。

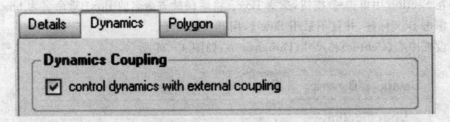

图 4 - 73　设置动态耦合

4. 创建颗粒工厂

（1）单击 Sections 部分中 ✚ 按钮，选择 Box，重命名为 Factory。

（2）单击 Box 标签，将 Center 和 Dimensions 按如图 4 - 74 所示设置。

（3）单击 Details 标签，并将 Type 设置为 Virtual。

Step 4：创建颗粒工厂

1. 创建颗粒工厂

（1）单击 Factories 标签。

（2）单击 ✚ 按钮，创建新的工厂，重命名为 Rubber Factory。

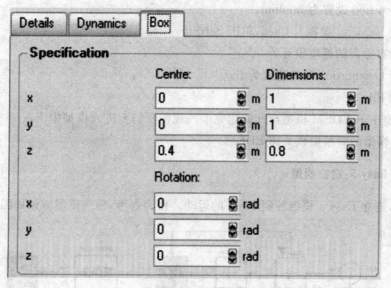

图 4 - 74　设置 Box 参数

2. 设置 Factory 类型

(1)将 Factory Type(工厂类型)设置为 Static。

(2)将 Number of Particles to Be Created(创建的颗粒数目)设定为 5 000。

3. 设置工厂初始条件(Factory's Initial Conditions)

(1)在 Section 下拉列表中,选择已经创建的工厂。

(2)将 Size 设置为 Normal,单击 Size Setting 按钮。

(3)如图 4 - 75 所示设置参数。

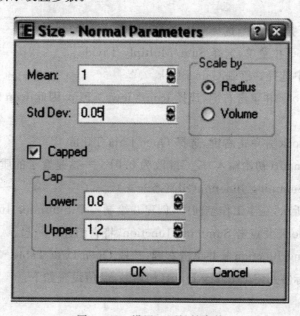

图 4 - 75　设置工厂初始参数

(4)将 Position 设置为 random。

(5)设置 Velocity 设置为 fixed,单击 Settings 按钮。

(6)将所有方向的速度设置为 0。

(7)设置 Orientation 和角速度为 fixed。

(8)选择 File＞Save。

耦合模型中的 EDEM 模型至此就建完了。现在我们要进入模型中 Easy 5 部分。当用户打开 Easy 5 模型的时候应该关掉 EDEM。

4.8.2 Easy 5:建立模型

本节中,建立 Easy 5 模型控制 Plate 的运动。作为参考,最终模型应该如图 4 - 76 所示。

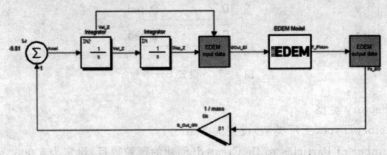

图 4 - 76 EDEM 与 Easy 5 的耦合仿真

Step1:创建 Easy 5 模型

1. 创建并定义 Gain Block

(1)启动 Easy 5。

(2)从 Library 下拉菜单中,选择 GP-General Purpose。

(3)选择 Groups 下拉菜单,选择 Sum/Multiply/Divide。

(4)在工作空间中选择并绘制 Gain Block。

(5)选择 Gain Block 并单击右键,选择 Icon Views＞Flip,因此 Icon 现在正对着上面显示的方向。

(6)选择 Gain Block 并单击右键,选择 Open Data Table。

(7)将 Primary input(初始输入)K_GN 改为 0.01——这是盒子的质量的倒数。

2. 创建并定义 Summing Junction(SJ)(求和点)

(1)如图 4 - 77 所示,在主工作空间中,创建并绘制一个 Summing Junction(求和点)。

(2)单击 Gain Block 并点击 Summing Junction,将它们连在一起。

(3)选择 Summing Junction k 并单击右键,选择 Open Data Table。

(4)单击 Input 标签并将 Primary Input(初始输入)值设置如下:

C1_SJ=1。

C2_SJ=−9.81。

S_In1_SJ=1。

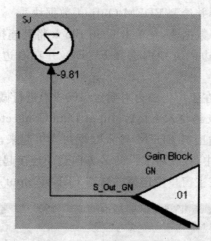

图 4 - 77　Easy 5 模型设置

3. 创建并定义两个 Integrators(IN)

用两个 Integrator 模块对 Summing Junction(求和点)算出来的加速度积分,确定 Z 方向位移和速度。

(1)如图 4 - 78 所示,从 Groups 下拉菜单中,选择 Integrators。

(2)在主工作空间里选择并绘制两个 Integrator。

(3)单击 Summing Junction,并单击第一个 Integrator,将其连接在一起。

(4)双击连接箭头并从 Connection 菜单选择 Line Attributes,重命名为 Label String Accel。

(5)分别选择第一个和第二个 Summing Junction 并将其连接在一起。

(6)从 Connection 菜单中双击连接箭头并选择 Line Attribute,重命名为 Label Sting Vel_Z。

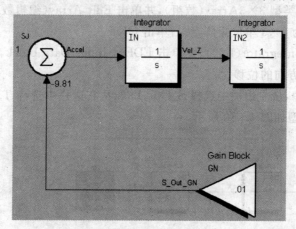

图 4 - 78　Easy 5 中的模型

4. 创建并定义一个 EDEM 输出数据连接口(Output Data Connector)

本节中通过施加力来控制 Z 方向的运动。所以以首先要在 Easy 5 中 Z 方向提供一个力。

(1)从 Library 下拉菜单中,选择 ds-DEM Solutions Library。

(2)从 Groups 下拉菜单中,选择 Connectors。

（3）在主工作空间中选择并绘制 EDEM Output 数据块。

（4）单击 EDEM Output 数据块，并单击 Gain Block 将其连接起来。

（5）在连接窗口中，在左边的方格内选择 Fz_EO，并在右边的栏内选择 S_In_GN，单击 OK。

Gain Block 现在将施加在工厂上的力对质量（100 kg）进行微分，给出现在的加速度。

5. 创建并定义 EDEM 数据输入连接器（Input Data Connector）

现在将 Easy 5 仿真的输出与 EDEM 输入数据块连接起来，保证数据能够正确地连接到 EDEM。在这个简单的例子中，仅仅将工厂的 Z 方向运动连接起来。

（1）如图 4－79 所示。在主窗口中选择并绘制 EDEM Input Data Block。

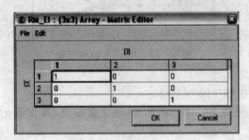

图 4－79　数据输入连接器

（2）单击第一个 Integrator(IN)，并单击 EDEM Input Data Block 将它们连接起来。

（3）在连接窗口中，从左边的栏中选择 S_Out_IN，并从右边的栏中选择 Vz_EI(CG 的 Z 方向的速度），单击 OK。

（4）在 EDEM Input Data Block 中点击右键，然后从 Component Menu（组件菜单）中选择 Open Data Table。

（5）选择 RM_EI 类型 3×3Array（数组），并单击 Edit Array（编辑数组）。

（6）将数组转化为 3×3 单位矩阵，然后单击 OK。

（7）单击第二个 Integrator(IN2)，并单击 EDEM Input Data Block 将其连接起来。这样就定义了 CofG 的 Z 方向的位移。

（8）在连接窗口中，从左边栏中选择 S_Out_IN2，从右边栏中选择 Tz_EI(CG 在 Z 方向的移动），单击 OK。模型如图 4－80 所示。

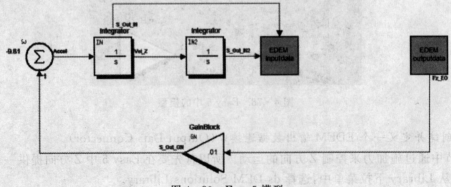

图 4－80　Easy 5 模型

Step 2：创建 Easy 5 和 EDEM 的耦合

要用 Easy 5 控制 EDEM 中几何体的运动，必须定义两种仿真的耦合。首先要确保 Easy 5 和 EDEM 都运行着。

1. 添加 EDEM 模型组件（EDEM Model Component）

（1）从 Easy 5's Library 下拉菜单中，选择 Extensions。

（2）从 Extension Groups 下拉菜单中，选择 DEM Solutions。

（3）在主工作空间中选择并绘制（drop）EDEM Model，将组件放置在 EDEM 输入和输出数据块之间。

2. Synchronize the Coupling in EDEM

（1）转回到 EDEM 中。

（2）选择 Geometry 标签，在 Dynamics Coupling 部分中单击 Synchronize 按钮。

3. 将输入和输出块（Input 和 Output Blocks）连接到 EDEM 模型中

（1）回到 Easy 5 中。

（2）双击 EDEM Model 模块。

（3）单击 Select /Configure EDEM model（选择并设置 EDEM 模型）按钮，然后单击 OK。

（4）单击 EDEM Input Data Block 设置后单击 EDEM Model Block（EDEM 模型块），将它们连接起来。

（5）在 Connection（连接）窗口中，从左边栏中选择 Gout_EI，在右边栏能够选择 G_Plate。

（6）单击 EDEM Model 块，并单击 EDEM Input Data（EDEM 数据输入模块），将它们连接到一起。

（7）在连接窗口中，从左边栏中选择 F_Plate，从右边栏中选择 F_EO，单击 OK。

现在链接起来的 EDEM 模型和 Easy 5 模型如图 4-81 所示。

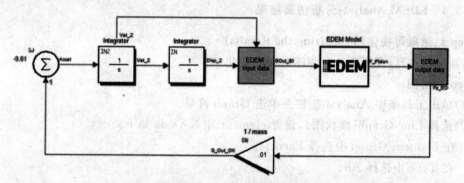

图 4-81　链接起来的 EDEM 模型和 Easy5 模型

4. 定义积分设置（Integrator Settings）

（1）在顶部灰色区域内单击右键，使得 Analysis Settings 标签可用。

（2）设置 Integration Parameters 积分参数：

a. 将 Integration Method（积分方法）设置为 Huen。

b. 设置 Store Time（停止时间）为 1 s。

c. 设置 Time Incremental（时间增量）为 0.01 s。

4.8.3 EDEM Simulator:运行仿真

Step 1:设置时间选项(Time Options)

1. 设置时间步长(time step)

模型中的颗粒要进行充分压缩,因此要采用小的时间步长,放置颗粒在几何体中扩散开来(exploding)。

(1)单击 Simulator 按钮█。

(2)将 Fixed time step(固定时间步长)设置为 3%。

2. 设置仿真时间和网格大小(grid size)

仿真时间是模拟所代表的真实时间。

(1)设置 Total simulation time(总仿真时间)为 1 s。

(2)设置 Write out frequency(写出时间间隔)为 0.001 s。

(3)设置 Grid size(网格大小)为 2 Rmin。

Step 2:运行仿真

(1)将 Number of processors 设置为最大可用值。

(2)在窗口底单击 Start progress(开始)按钮。

(3)与不耦合的仿真不同,求解器要等到 Easy 5 中的仿真开始后才开始运行。

(4)回到 Easy 5。

(5)单击绿色按钮(Play)执行当前的分析。Easy 5 建立模型并开始分析。

(6)回到 EDEM。

(7)单击 Refresh View 按钮,更新显示窗口,观察仿真进行的情况。

4.8.4 EDEM Analyst:分析仿真结果

Step 1:结果可视化(Visualizing the Results)

重新播放仿真,观察颗粒行为随时间的变化。

Step 2:绘图

(1)单击工具条中 Analyst 按钮并单击 Graph 符号。

(2)选择 Line Graph(线状图),设置 element 和 X-axis 如下:

a. 在 Element Group 中选择 Particle。

b. 在 Type 中选择 All。

c. X-axis Number of Intervals(间隔数目)为 50。

(3)设置 Y-axis。

a. Primary Attribute(主要属性)为 Compressive Force(压力)

b. Component 为 Average(平均值)

(4)单击 Create Graph 按钮绘制曲线图。

第5章 EDEM 在工业中的应用

离散元技术在矿冶工程、岩土工程、农业、食品、化工、制药和环境等领域都有广泛的应用，可分为分选、凝聚、混合、装填、压制、推铲、储运、粉碎、爆破和流态化过程，以及自然界的风蚀、崩塌和泥石流等散体过程等。基于离散元技术的数值模拟，可以深入了解颗粒动力学过程，改进装备的设计和使用性能，提高装备的生产率和效率等。本章介绍 EDEM 在工业中的应用实例。

5.1 EDEM 在球磨机上的应用

5.1.1 球磨机的工作原理

当球磨机工作时，筒体绕其轴线回转，筒体内部的磨矿介质被提升到一定的高度，呈抛落或泻落状态，矿石的磨碎主要是靠磨矿介质落下时的冲击力和运动时的磨剥作用。物料由给料口连续地进入回转体内部，被运动的磨矿介质粉碎并通过溢流或料位差将物料排出筒体，以进行下一段工序处理。

磨球是破碎的实施体，对矿块实施打击和磨剥作用，完成矿石的破碎任务。从能量转化上来看，磨球是能量传递的媒介，它将筒体传来的机械能，通过自身机械能的变化，最后以打击的方式传给矿石，因此它被称为磨矿介质。随筒体转速的不同，磨球在磨机内的运动状态如图5-1所示。

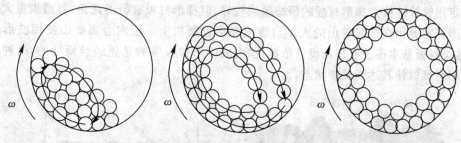

图5-1 磨机内磨球的运动状态

(a)泻落状态；　(b)抛落状态；　(c)离心状态

由于球磨机的工作条件恶劣，磨机内磨球对筒壁有很大的冲击磨损作用，所以球磨机内都装有一层衬板。衬板的主要作用就是保护筒体和提升磨矿介质，衬板的结构和材料对于其寿命及磨矿效率十分重要。衬板的具体作用有：①保护筒体，使筒体免受磨矿介质和物料的直接冲击和摩擦；②可利用不同形式的衬板来调整磨矿介质的运动状态，以增强磨矿介质对物料的粉碎作用，有助于提高磨机的粉磨效率，增加产量，降低金属消耗；③磨机衬板的不同形状可用来控制磨机内磨球的运动轨迹。常用的几种磨机衬板的形状如图5-2所示。

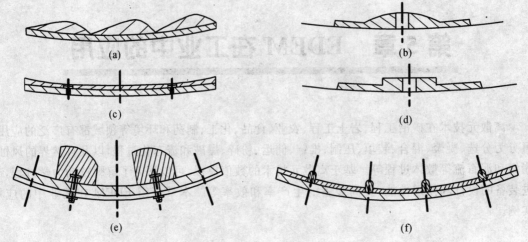

图 5-2　衬板的各种形状

(a)楔形；　(b)波形；　(c)平形；　(d)平凸形；

(e)K 形橡胶衬板；　(f)楔条举板形

对磨机衬板的基本要求是耐磨。衬板的材料可选用硬质钢、高锰钢、橡胶和轧制的钢条等。磨机衬板的结构形式、相互间的安放位置都直接影响着磨机的工作效率。磨机衬板的厚度范围为 50～150 mm，其结构形式和尺寸，须按磨机的用途和工作特点，并适当考虑制造、安装和搬运方便的原则来选取。衬板的厚度不宜过大，采用厚的衬板虽可延长衬板的使用寿命，但使球磨机的有效容积减少，从而降低球磨机的生产能力。为保证磨机生产的稳定性，要求磨机衬板在被磨损到一定程度时，仍能较好地保持原有的结构特性。为了提高衬板的使用寿命，许多国家均在发展和使用橡胶衬板。橡胶衬板具有寿命长(比钢衬板的寿命长 3～4 倍)、质量轻、安装时间短、更换时工作安全、工作噪声小等优点。

梯形衬板如图 5-3 所示，底部厚度 d，筒体衬板顶部尺寸 h,l,α 对研磨效果影响较大。衬板的固定用螺栓连接。梯形衬板的研磨效果较好，但梯形衬板有研磨死角，且磨损量大。梯形衬板在国外主要用在金属矿山的大型自磨机和半自磨机上。国内金属矿山使用波形衬板较多，而这类衬板基本还没有理论设计依据，国内的波形衬板多数是凭经验设计的，这种波形衬板在使用时难以使其达到最佳状态。

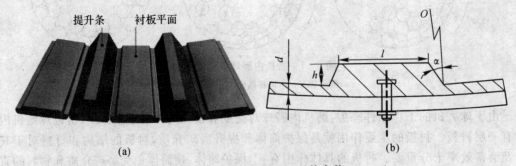

图 5-3　梯形衬板结构及具体参数

(a)实体模型；　(b)衬板横截面

5.1.2　球磨机转速理论

国、内外的一些研究人员对磨机内磨球的运动做了很多研究,研究发现:①所有的磨球都绕一个固定的轴线运动;②磨球下落时的冲击力主要取决于下落的高度。

磨机内介质由筒体带动,沿筒壁向上运动,即钢球是转动着向上运动的。当上升到一定高度,离心力 C 小于 N(N 为重力 G 的法向分量),即 $C < N = G\cos\alpha$ 时,介质离开筒壁,做抛落运动,如图 5-4(a) 所示。并且磨球受到筒壁摩擦力 F 和重力的另一分量 T($T = G\sin\alpha$)的作用,这两个力大小相等,方向相反,并且作用点不同,它们互成力偶,因此磨球围绕自身轴线旋转,如图 5-4(b) 所示。

当磨机转速过高时,磨球将上升到筒体的最高点,由于此时磨球的离心力 C 大于重力 G,故磨球不会下落,不能对磨机内物料形成打击作用,这种情况一般是不允许出现的。

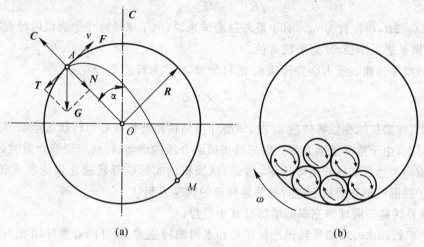

(a)　　　　　　　　　　　(b)

图 5-4　磨球受到的作用力
(a) 磨球的抛落受力;　(b) 磨球的转动

如图 5-4(a) 所示,当磨机以线速度 v 带动磨球上升到 A 点时,由于磨球重力 G 的法向分量 N 等于离心力 C,故磨球被抛落。如果磨机线速度增加,磨球抛落的脱离点也就升高,当磨机的线速度上升到一定速度 v_c 时,离心力大于磨球重力,钢球不再被抛下,发生离心转动。由此可见,离心运转的条件是

$$C \geqslant G, \quad 即\ v \geqslant v_c$$

故定义离心力 C 等于 G 时的转速 v_c 为磨机的临界转速。

令 m 为磨球质量; g 为重力加速度; n 为磨机每分钟的转速; R 为球的中心到磨机中心的距离; α 为球脱离圆轨迹时,连心线 OA 与垂线的夹角。当磨机的线速度为 v,钢球上升到 A 点时,有

$$C = N \quad 或 \quad \frac{mv^2}{R} = G\cos\alpha \tag{5-1}$$

将 $G = mg$ 代入式(5-1)有

$$v^2 = Rg\cos\alpha \tag{5-2}$$

又因为 $v = \dfrac{2n\pi R}{60} = \dfrac{n\pi R}{30}$，将其代入式（5-2），有

$$n = \frac{30}{\pi}\frac{\sqrt{g}}{\sqrt{R}}\sqrt{\cos\alpha} \qquad\qquad (5-3)$$

取 $g = 9.81\ \mathrm{m/s^2}$，则 $\pi = \sqrt{g}$，于是有

$$n = \frac{30}{\sqrt{R}}\sqrt{\cos\alpha} \quad (\mathrm{r/min}) \qquad\qquad (5-4)$$

式中，R 的单位为 m。

当转速为 v_c，相应的每分钟转数为 n_c 时，磨球上升到定点 Z，不再落下，产生离心运动，$C = G$，$\cos\alpha = 1$，故

$$n_c = \frac{30}{\sqrt{R}} \approx \frac{42.4}{\sqrt{D}} \quad (\mathrm{r/min}) \qquad\qquad (5-5)$$

此处 $D = 2R$，单位皆为 m。对于最外层磨球来说，由于球径远小于磨机内径，故可以忽略不计，R 看做是磨机半径，D 为磨机直径。

磨机的实际转速 n 所占临界转速 n_c 的百分数 ψ，称为转速率，即

$$\psi = \frac{n}{n_c} \times 100\% \qquad\qquad (5-6)$$

理论上，球磨机达到临界转速 n_c 时，研磨介质贴住筒壁作离心回转状态运动，起不到磨碎作用。实际上，由于推导运动方程式时忽略了研磨介质的滑动、物料对研磨介质的影响以及内层研磨介质尚未达到临界转速等因素，因此，球磨机的实际临界转速比理论临界转速要大一些。对格子型圆筒形球磨机上进行的临界转速的试验表明：

（1）临界转速随磨球填充率的增加呈减小趋势；

（2）无矿石和水时的临界转速比加矿石和水时的转速大，而且随着磨球填充率的增加，这种趋势在增大。

这说明了计算临界转速的确小于真实临界转速。并且不同大小的球或不同的球层具有不同的临界转速。小球（或外层球）的临界转速小，大球（或里层球）的临界转速较大，但由于磨机半径远大于磨球半径，计算时都近似取磨机半径。

球磨机高于临界转速旋转，就会产生功率消耗激剧增大的现象，所以不管从磨矿角度，还是从耗能角度，都不能使磨矿转速过高。球磨机的理论适宜转速 n_s 一般为 $(75\% \sim 85\%)n_c$。在理论转速下，磨机筒体中磨球群的运动可分为五个区，如图 5-5 所示，图中 Ⅰ 为抛落区，Ⅱ 为破碎区，Ⅲ 为泻落区，Ⅳ 为研磨区，Ⅴ 为死区。

对于主要以冲击破碎物料的磨机，其破碎功与介质抛起点与落点的势能的减少及介质冲击物料时能量的转换情况有关。抛落点越高，初始势能就越大，可以转化为冲击功的能量就越多，所以大型球磨机就可以使抛落点提高很多，国外大型磨机转速率也并不太高，多为 $65\% \sim 75\%$。另外，还有一种超临速球磨机，比传统球磨机多了一个导向结构，使磨球在大于临界转速的运动下仍然处于抛落状态，从而具有较大的冲击力。

球磨机工作过程中输入的电能经电动机转变为机械能，机械能经传动系统对磨矿介质做功，变成磨矿介质的机械能。磨矿介质落下或滚下时则对矿石做功，介质的功转化为矿石的变形内能，使矿石变形和破碎。介质对矿石所做的功大部分在破碎过程中以热能的形式散发到

周围的介质空间,这部分功称为破碎损失功。它包括矿石与机件以及矿石与矿石之间的摩擦功,破碎力反复作用呈热能散失的损失功,呈声能、光能和辐射能损失掉的功等。每经过一次能量转换就发生一定能量损失,磨矿过程中有三次大的能量损失。

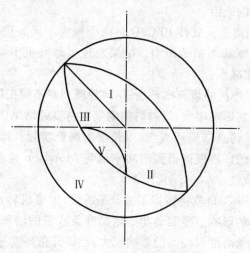

图 5-5　磨机内磨球的运动分区

　　好的磨矿效果不仅要求提高单体解离度、磨矿产品细度、磨机的处理能力和磨矿效率,而且要求降低球耗、电耗及工作噪声,减少衬板的磨损,俗称"四提四降"。为了达到这些目标,自20 世纪 20 年代戴维斯较系统地提出磨矿理论的研究成果以来,先后出现了许多不同观点,也取得了许多成就。大多数模型仅强调磨机的内部动力学,并且以简单的假设为依据,即认为负荷在磨机中所占据的位置和形状是固定不变的。实验室研究和工业数据表明,这些假设对广泛的运行条件并不适用,还会引起对现有模型精确预测磨机功耗的能力的怀疑。而且没有一个模型能用一个方程式来预测磨矿设备的功耗。

　　有很多研究人员利用照相机、摄影机等记录球磨机中球的运动,分析球的运动规律,然后再通过试验验证。虽然这种方法可较好地预测球的冲击力、速度、磨损及能量消耗等,且与工业试验结果相吻合,但是很费时费力。

　　离散单元法将所分析的物体看做是离散颗粒的集合体,适合分析球磨机中离散的颗粒的动态行为。应用离散元方法,建立适合的数学模型,从粒子运动的本质上来分析磨机内磨球的运动,可以为解决球磨机生产中的实际工程问题提供一种新的途径。

5.1.3　离散单元法在球磨机仿真中的应用现状

　　目前,离散单元法已经成为磨机设计和优化的辅助工具。离散元仿真能够提供很多的量化数据,尤其是在介质运动分析、功率预测、磨损分布、能耗等方面。

1. 有用功率

　　对球磨机功率的研究,有助于研究其与球磨机工作参数之间的关系以降低球磨机的能量消耗,提高生产效率。球磨机驱动功率的确定一直是一个很复杂的问题,影响它的因素很多,譬如球磨机筒体的大小和长短、旋转速度、装料的多少和性质、提升条的高度等都会影响驱动功率。离散单元法这一新的数值模拟工具的出现,给球磨机的研究工作带来了极大的方便。

O. Hlungwani 等[6]用二维离散元软件 Millsoft 分别对装有梯形衬板和条形衬板的磨机进行了模拟,分析研究了衬板形状对磨机的负载行为以及驱动功率的影响。将仿真得到的负载行为与实验结果进行对比,发现 DEM 能够更好地预测不同形状的衬板的负载行为和功率,并解释了仿真与实验差别的原因。

Nenad Djordjevic[7]用离散元软件 PFC3D 对两个规模不同的球磨机进行了仿真,探讨了不同粒级分配对球磨机净驱动功率的影响。结果发现当球磨机中颗粒直径大于提升条高度时,球磨机的净功率将急剧减小。

Djordjevic N[8]保持球磨机的填充率不变,用两种模型对不同工况进行了模拟。指出密度和阻尼系数对仿真准确度的影响很大,而材料的刚度对仿真的结果影响很小,可以适当设置材料的刚度,缩短仿真时间。仿真结果还表明,用长度为磨机实际长度的 20% 的部分模型代替整个磨机进行仿真是可行的。将模拟得到的功率值与 Morrison 经验模型得到的功率值进行比较,两者具有很好的一致性。

Djordjevic N 等[9]用 PFC3D 软件模拟了提升条的设计、磨机转速率以及填充率之间的相互作用及其对净驱动功率的影响。净驱动功率随提升条数量的增加而增加,达到一定值时则不再增加,转速增高,提升条高度对功率的影响很大,当提升条高度与颗粒直径相近时,颗粒粒度分布对功率的影响很小。

陈华、姜大志[27]为了判断磨机内物料级配的不同是否对功耗造成影响,对两种不同规格的试验磨机的有用功耗进行了建模仿真试验。仿真中保持磨机的转速和颗粒的总质量不变,结果发现,当填充物料的平均粒径超过提升条的高度时,功耗系数的变化幅度才会很大。

张大兵等[28]运用 PFC3D 离散元软件在相同条件下对筒体内装料的运动进行了数值模拟,得到了净驱动功率值,与实验值进行比较,误差较小。最后还对不同提升条高度、旋转速度和装料填充率下的球磨机分别进行了数值模拟,并得到了净驱动功率值的变化规律。

昆明理工大学的史国军[29]运用离散元软件 PFC3D,从介质运动与有用功率两方面结合分析,研究了介质尺寸、磨机转速率、介质填充率等介质工作参数对球磨机介质运动规律以及有用功率的影响作用,结果发现当其他参数不变时,介质直径对有用功率影响很小,得到了给定球磨机较佳的填充率与转速率组合。

刘波[30]用 PFC3D 软件分析了提升条的数量、高度、形状对球磨机有用功率的影响,并通过改变衬板角度来模拟梯形衬板的磨损。模拟结果表明,提升条的数量必须达到一定数量才能起到提升作用,要根据介质直径合理确定衬板的高度。随着提升条角度及高度的变化,介质的抛落形式以及受力状况都发生了显著变化,而这种变化直接影响到磨机的有用功率。

2. 衬板磨损

球磨机内衬板的磨损不仅造成材料的浪费,而且影响到磨机的性能和效率。因此,对磨损的研究分析具有很重要的经济意义。很多学者已经做了大量的实验工作来研究颗粒以及衬板的磨损,大部分实验都属于经验性质的。也有部分学者开始用离散元方法研究衬板的磨损行为。

P. W. CLEARY 等[10]用 Finnie 模型收集离散元模拟中的碰撞数据,并以此为基础预测衬板的磨损率和磨损分布。结果表明,衬板的磨损程度随着转速的提高而加剧,而且,衬板角的磨损率最大,顶部磨损均匀,衬板前面的磨损比后面磨损严重。衬板磨损造成形状的变化对磨机的性能和操作都有很大影响。

　　Manoj Khanal 和 Rob Morrison[12]用 DEM 研究了小型球磨机的颗粒磨损,模拟测得的质量损失、碰撞频率和功率消耗等磨损参数与实验室测得的值基本上吻合,并研究了磨机直径、摩擦因数、临界转速率等对磨损的影响。

　　Augustine B. Makokha[13]对于原有的衬板和用装有可拆卸的提升条进行改装的磨损衬板进行仿真,研究了衬板的磨损对于球磨机运动状态的影响。并将仿真得到的球磨机的运动形态与实验室结果进行对比,验证了 DEM 的可靠性。

　　J. T. Kalala[14]用离散元方法对磨损造成的衬板截面的变化过程进行模拟,并将仿真结果与工业实践中的数据进行对比,两者具有很好的一致性。他还得出了磨损经验公式,可以更快地预测提升条的磨损。

　　Johnny T. Kalala[34]用离散元模拟南非 Eskom Kendal 电站磨煤用的干式球磨机的负载行为。从肩部、底脚位置、功率消耗以及冲击能谱的角度研究衬板磨损及衬板的改变对于负载行为的影响。结果发现,随着磨损的加剧,物料肩部位置、抛落的颗粒数目以及高能量冲击次数降低,而低能量冲击次数及球与衬板的摩擦耗散能量增加。

　　Manoj Khanal 和 Rob Morrison[15]采用离散元模拟非球形颗粒磨损,考查了磨机内的颗粒轨迹、碰撞力、碰撞能量和能谱来研究表面粗糙度对磨损的影响,他指出,法向碰撞力是引起颗粒磨损的主要原因,随着表面粗糙度的降低,磨损率减小。

　　3. 能量耗散

　　对碰撞能量谱的研究分析能使我们更好地理解它们对总能量耗散的不同的作用。能量谱的变化给我们提供了提高破碎能量效率以及减小能量浪费(如球-衬板碰撞)的机会。

　　Paul W. Cleary[17]模拟了仅包含有介质的水泥工业用两腔球磨机的运动,分别分析了两个模腔中的介质运动状态和能量耗散情况,指出能量的分配与球磨机介质的面积近似成比例,球磨机中的能量损失主要是由于切向的相互作用造成的。

　　N. Djordjevic[16]用离散元研究了提升条高度对球磨机驱动功率的影响。PFC3D 的仿真结果表明,提升条的高度对球磨机的功率以及磨机内能量耗散的模式都有很大影响。在其他条件不变的情况下,相对较高的提升条比低提升条的磨机需要的功率较少;消耗在摩擦上的能量比例随着提升条高度的增加而减少。模拟结果还表明,施工现场的磨机的有效摩擦因数应该是 0.1。

　　P. W. Cleary[17]通过 DEM 仿真,得出总碰撞、岩石-岩石碰撞、球-岩石碰撞、球-球碰撞、球-衬板碰撞、岩石-衬板碰撞的能谱。分析发现,绝大部分碰撞能量都很低,高能碰撞大都耗费在衬板磨损上,而没有用于有用的破碎上。

　　D. Morton,S. Dunstall[18]开发出了基于 Web 接口的 webGF-Mill,用户能够把磨机信息以及操作情况传送到远程仿真中心,促进 DEM 用户与研发人员的信息交流。用 webGF-Mill 模拟得到了输入能量在不同碰撞类型中的分布,分析结果表明,随着衬板倾角的增加,球-衬板碰撞能量以及岩石-衬板的碰撞能量损失都有所下降,岩石-球的碰撞能量增加,球-球的碰撞造成严重的能量浪费。

　　然而,大多数仿真都采用圆形颗粒,能够处理的颗粒数目受限。由于球磨机工作的复杂性,合理地确定离散单元参数以及建立合适的离散单元仿真力学模型,对于正确地模拟球磨机的工作过程十分必要。

5.1.4　利用 EDEM 进行球磨机仿真的要点

应用 EDEM 模拟磨机的运动可以得到磨机内介质运动、切向力、法向力以及磨机功率的图像等。磨机的仿真可以提供单个粒子的信息,包括位置和接触力历程。EDEM 的输出受以下条件的制约:粒子尺寸、密度和材料属性,磨机尺寸和衬板外形、填充率和转速等,并且这些因素都对磨机的生产能力和产品有制约作用。EDEM 的输出图像可以预测当磨机条件变化时,磨机的能量谱线的变化。

但是对于磨机的破碎来说,这些数据的应用还是存在问题的。这决定了 DEM 仿真如何应用于破碎模型,同时也对数据记录和分析需求做出了指导,收集和应用这些数据在一定程度上能够预测粉碎装置的破碎能力。在实际的破碎中需要单个粒子的冲击历程,包括接触角、接触力和冲击力。结果表明大多数的破碎作用都来自于累积损坏,因此跟踪单个粒子的运动历程来预测磨机内的破坏是很重要的。

在用 EDEM 仿真时,简单的颗粒模型不能对矿石的破碎进行模拟,必须建立数量足够大的粒子群体。通过改善和利用粒子数据来改善破碎模型的预测是很困难的。有人主张解决这个问题的关键是充分利用这些数据,进行分析对比,而不是压缩这些丰富的数据输出,只利用少许的能量分布,或者更差的平均能量分布。通过已经得出的各参数间的联系,计算并记录附加信息,由此通过 EDEM 产生更多有用的数据。

破碎装置的模拟需要注意以下几点:

(1)磨机仿真以及其他粉碎设备仿真的目的在于提供恰当的磨碎和破碎过程数据。DEM 等计算方法提供了机械行业内有关于粉磨设备的一些信息。

(2)粉碎过程中,磨机运动被转变为介质和物料的运动。磨机的总功率消耗于矿石粒子的损坏和破损。

(3)矿石的破损取决于相应的机械环境;不同矿石种类的破坏情况取决于作用在矿石上的机械力和能量情况;粒子在单一的碰撞作用下不一定破坏,但是通过一系列低能量的撞击后就可能会发生累积破坏。

根据以上几点,利用 EDEM 输出结果进行分析计算有如下要求:

(1)有必要建立作用于粒子上的力和能量与粒子经历的破坏和破损程度之间的联系。

(2)计算仿真需要表现充足的机械环境的细节与对矿石的破坏和破损做详细估计的精确性。

(3)为了提供精确的数据来预测破坏,需要跟踪粒子的运动历程。

(4)有必要跟踪冲击力是如何作用在粒子上的:①总力和力矩;②角度;③滑动角度;④持续时间;⑤需要计算的冲击率。

这些假设和结果与应用 DEM 能够得到的输出结果有关,相关的科研工作者对这一点进行了验证。为做到分析的可行性要求,必须对存储这些数量巨大的数据的技术做出周密的考虑。在每次接触状态发生以后就必须记录接触数据,同时粒子的运动历程数据在固定的时间间隔也需要得到记录。

5.1.5　球磨机参数的选择计算

磨机大型化对于介质的一个最大优势就是可以减少钢球的充填率。本书选择的球磨机原型是直径为 5.5 m,长度为 8.5 m 的大型球磨机。

1. 建模参数的选取

由于磨机规格大,装球率较低,直径为 6 m 的球磨机装球率在 20% 左右。大直径磨机中,球上升的高度大,球的位能大,能弥补球径的不足,故国外球磨机中最大钢球直径多在 75~80 mm,很少用 ϕ100 mm 的球。而国内磨机最大直径达不到国外水平,选矿厂中则是 3.2 m 直径以下居多,为了保证磨球有较大的冲击能,转速率较高,多在 80%~85%,装球率在 40%~50%,并且我国给矿粒度较粗,多为 15~25 mm,绝大多数选矿厂的球径都在 ϕ120~ϕ127 mm,少数矿粒较软的选矿厂才用 ϕ100 mm 的球。我国一些大中型选矿厂粗磨作业球磨机补加磨球的最大直径与国外相比,偏大 20% 以上。并且,我国粗磨机一般只补加两种球,且多以大球为主,甚至有些选矿厂只补加一种大球,致使球磨机中平均球径越来越接近大球。由此看来,我国粗磨作业所用的磨球尺寸显然很大。

结合以上分析选择磨球的直径水平为 80 mm,100 mm;转速率水平为 75%,80%;根据衬板尺寸的大小配比,选择个数水平为 30,36;对于其余两个参数,衬板高度为 60 mm,填充率为 20%。如表 5-1 所示为选定试验参数水平后的正交表格。

表 5-1　确定具体试验参数水平后的正交表格

试验点	衬板数 A	转速率 B	粒子直径 C/mm
1	30	80%	80
2	30	75%	100
3	36	75%	80
4	36	80%	100

2. 磨机具体参数的计算

根据磨机尺寸选择及转速计算公式,具体参数及其计算如下:

(1)筒体有效内径:$D=5.3$ m;

(2)筒体长度:$L=8.5$ m;

(3)磨机外形尺寸(长×宽×高):19.6m×12m×8.6m;

(4)球磨机筒体转速的计算:

磨机临界转速为

$$n_c = \frac{30}{\sqrt{R_0}} = \frac{30}{\sqrt{D_0/2}} = \frac{30}{\sqrt{5.3/2}} = 18.43 \quad (\text{r/min})$$

式中,D_0 为球磨机筒体的有效内径,单位为 m。

磨机的理论适宜转速为

$$n_s = (75\% \sim 85\%)n_c = 13.8 \sim 15.67 \quad (\text{r/min})$$

计算表 5-1 中各转速值为

$$B_1 = 75\% n_c = 13.82 \text{ r/min} = 1.45 \text{ rad/s}$$

$$B_2 = 80\% n_c = 14.74 \text{ r/min} = 1.54 \text{ rad/s}$$

表 5-2 所示为磨机的具体参数和离散元模型所需要的具体参数。

表 5 - 2   仿真具体参数

序号	项目名称	数值
1	筒体有效内径 /mm	5300
2	筒体长度 /mm	8500
3	磨球密度 /(kg·m⁻³)	7.8
4	弹性模量 E/GPa	79
5	泊松比 μ	0.28
6	磨球与衬板的摩擦因数	0.7
7	磨球与磨球的摩擦因数	0.2

合理的衬板尺寸应满足如下条件:① 磨球抛落后对物料的冲击力最大;② 相邻两磨球在空间不发生碰撞;③ 在衬板能托起磨球的前提下占磨机容积最小。另外,由于衬板高度在 0.5 ~ 1.5 倍球径之间时,对介质的提升效果较好,此处选择波峰与波谷高度差为 60 mm 的梯形衬板进行优化设计,由于选择的磨球尺寸为 80 mm,100 mm,则 60/80 = 0.75,60/100 = 0.6 满足前面条件。根据球磨机梯形衬板的设计方法,各衬板高度对应的其他衬板参数如表 5 - 3 所示。

表 5 - 3   衬板参数

高度 /mm	l/mm	梯形斜边倾斜角 α/(°)
60	112	19.3

3. 根据填充率估算磨球数量

球磨机中介质的填充率指的是球磨机中介质堆积体积与球磨机有效容积的百分数,或研磨介质所占断面面积与球磨机有效断面面积的比值,如图 5 - 6 所示。

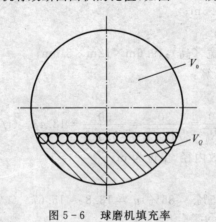

图 5 - 6   球磨机填充率

当填充率及球磨机体积已知时,可得到介质所占体积,即 $V_Q = \varphi V_0$。在得到介质所占体积后,为了估计球介质的个数,需要研究球的排列方式。一般来说,球在空间随机排列时有两种排列方式：① 立方体排列；② 四面体排列。

设球径为 d，一个立方体边长为 $L(L \gg d)$。

(1)假定该立方体由直径为 d 的球按立方体形式排列，则可以得出该立方体中装满球时的总球数为

$$N_1 = L^3 / d^3 \tag{5-7}$$

(2)设该立方体中球的排列形式为正四面体，则可以得出该立方体中装满球时的总球数为

$$N_2 = \sqrt{2} L^3 / d^3 \tag{5-8}$$

磨球的实际数量介于立方体形式排列和正四面体排列之间，即 $N_1 < N < N_2$。假设磨球以立方体形式排列和正四面体排列的概率均相等，则

$$N = (N_1 + N_2)/2 \approx 1.2V/d^3 = 1.2N_1 \tag{5-9}$$

所以球磨机中磨球的计算公式为

$$N \approx 1.2 \frac{V_Q}{d^3} = 1.2 \frac{\varphi V_0}{d^3} \tag{5-10}$$

对与文中选定的型球磨机，通过上述公式计算出尺寸不同的磨球在不同的填充率下的近似数量及质量如表 5-4 所示。

表 5-4　不同大小的粒子的特征参数

磨球直径 /mm	填充率 20% 的粒子数目 / 个	单个粒子质量 /kg
80	4 160	2.091
100	2 130	4.084

5.1.6　EDEM 仿真的操作步骤

1. 应用 CATIA 建立筒体模型

应用 CATIA 可以快捷地建立 EDEM 仿真所需要的几何体模型，本节的仿真所需的几何模型是球磨机的筒体，如图 5-7 所示即是用 CATIA 建立的球磨机筒体模型。另外离散元软件按时步计算每个粒子的参数，仿真计算的时间随粒子数目的增加而增加，故这里就截取磨机的一段进行建模，所得结果除以截取段长度占总体长度的百分数，就可以得到整个磨机的仿真结果。为便于仿真取长度为 400 mm 的一段筒体进行建模。以衬板高度为 60 mm，衬板数量为 30,36 分别建立离散元筒体模型。

2. 应用 EDEM 建立仿真模型

应用 EDEM 建模，不同于其他离散元软件，它具有以下特点：

(1)由于计算机可视化技术的发展，EDEM 可以在模拟中直接输入所需参数，而不需要重新编程。

(2)定义完材料的基本属性之后，对于给定形状的粒子，可以自动计算其尺寸、质量、刚度等参数。

(3)由于磨机内介质粒子(磨球)就是球状粒子，可以直接选用 EDEM 默认的粒子形状，并且应用粒子工厂生产粒子很简便。粒子工厂必须选择已经定义的几何体，可以是实体，也可以是虚件。

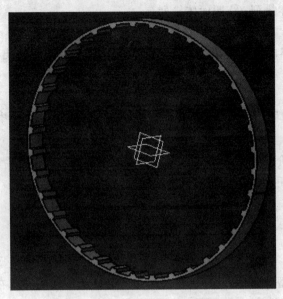

图 5-7　CATIA 建立的筒体模型

（4）由于球磨机中的介质是由筒体带动运转的，因此定义筒体的运动，必须等到粒子生成过程结束之后，经历先加速，再到匀速转动的运动过程。

球磨机离散元模型中，筒体为圆柱体，两端有端盖封闭（见图 5-8(a)）。在离散元模拟中由于只取了磨机的一段，因此在轴线方向应该设置一个周期边界，以保证磨球始终位于仿真区域的筒体内。为了更好地模拟球磨机工作状况，采用球磨机真实尺寸（尺寸比例为 1∶1）建模。具体步骤如下：

第一步：设置参数、物理性质和材料。包括设置全局参量、设置物理属性和重力、定义材料和相互作用。

第二步：定义基本粒子、创建（或输入）粒子表面形状、定义粒子属性。

第三步：定义几何体。将建好的 CATIA 模型导入 EDEM 中，然后进行属性定义，包括定义形体的特性、定义形体的运动规律。

第四步：定义仿真区域。

第五步：创建粒子工厂并进行第一步仿真，生成粒子。

建立好模型后，生成的粒子堆积到筒体下方，如图 5-8(b)所示，然后进行下一步仿真。

3. 设置时步和仿真时间

DEM 仿真所需要的精确实际时间不是固定的，而是随着计算机计算能力和具体的仿真模型而改变，仿真之前必须先设置时步，合适的时步选择需要注意以下几个方面的问题：

（1）时步。时步越小，计算所需要的时间就越长。如果时步太大，颗粒的行为就很不规律。例如，图 5-9 表示了两个相互接近的粒子。在时步一时，它们之间还有一段距离，这两个粒子以一定的速度相对运动。但是当计算到时步二时，它们就明显地交叠在一起，在该点计算出粒子的受力和能量，因为重叠量很大，所以这些值显然很大。这就给粒子提供了很大的加速度，这是不准确的，所以，它们在时步三以错误的速度彼此分离了。随后这些粒子就接触到系统中其他的粒子，这就会使具有不正确运动状态的粒子数量激增。为了避免这种情况的发生，就要对时步进行限制。

图 5-8　建立好的基本模型

（a）筒体模型；　（b）添加粒子后

时步一　　　　　　　　时步二　　　　　　　　时步三

图 5-9　连续三个时步粒子的位置及速度

　　瑞利（Rayleigh）时步是 EDEM 仿真中的一个关键数字。这是剪波在固体粒子中的传播所占用的时间,这个时间是准静态颗粒集合仿真时步的理论最高限度,在这种粒子集合的接触数（单个粒子的平均接触数量）至少为 1,下式为瑞利时步的计算公式:

$$T_R = \pi R \left(\frac{\rho}{G}\right)^{\frac{1}{2}} / (0.163\ 1\nu + 0.876\ 6)$$

式中,R 是粒子半径;ρ 是密度;G 是剪切模量;ν 是泊松比。实际应用的都是这个最大值的百分数,高接触数（4 个接触以上）的粒子集合的典型时步选为 $0.2T_R$（20%）就比较合适。在接触数较低时,$0.4T_R$（40%）就比较合适。

　　（2）Hertzian 接触。瑞利时步是准静态仿真合适的起始点,在系统的粒子运动中可能只需要一个更短的时步。考虑到两个粒子以速度 v 相互接近,在一个时步 t 内,最大的重叠量为

$$d_{\max} = vt$$

　　EDEM 中的粒子弹性（Hertzian）接触,被处理为重叠,重叠被换算为表面的压缩量。在上述等式中,最大叠合量小于 Hertzian 模型的理论最大叠合量。实际模拟过程中,为了获得较好的接触数字图像,一次接触中至少要有六个时间点发生 —— 三个在逼近过程中,三个在分离过程中。

　　（3）弹性碰撞的时间计算。基于 Hertz 原理的弹性碰撞总时间计算公式如下:

$$T_h = 2.87 \left(\frac{m^2}{RE^2 v_z}\right)^{\frac{1}{5}}$$

式中

$$\frac{1}{m} = \frac{1}{m_i} + \frac{1}{m_j}$$

m_i, m_j 分别是两粒子的质量。

$$\frac{1}{R} = \frac{1}{R_i} + \frac{1}{R_j}$$

R_i, R_j 分别是两粒子的半径。

$$\frac{1}{E} = \frac{1-\nu_i^2}{E_i} + \frac{1-\nu_j^2}{E_j}$$

ν_i, ν_j 分别是两种材料的泊松比。

$$v_z = v_i - v_j$$

v_z 是两粒子的相对速度,v_i, v_j 分别是两粒子的速度。

在仿真时最好选择该瑞利(Rayleigh)时间步长的 20%～40%。时步越小计算越精确,但是由于粒子数众多,计算时间很长,仿真时一般选择瑞利时步的 32%。模型建好后,系统会根据用户设置的参数,自动计算出瑞利时步的大小,只需选择具体时步占瑞利时步的百分比。并且系统并不是每个时步都需要输出数据,如果这样将会占用很大的系统资源,所以选择输出的时间间隔不要太小,只要满足观测仿真过程就行。

对于粒子系统运动的总时间,由用户自己设置决定,并且粒子系统的模拟过程中,各种数据都可以得到记录,每存储一次数据所间隔的时间,根据仿真的需要自行决定。

4. 栅格尺寸的设置

栅格可以控制仿真速度,通过将整个仿真区域划分为栅格单元,模拟器可以分别检测每个栅格单元,只分析计算那些包含接触点的栅格单元,这样就节省了仿真时间。

仿真时必须保证计算机运行 EDEM 时具有足够的存储空间,如果空间不够系统会弹出提示信息。此时必须修改仿真参数以满足存储空间要求。图 5-10(a)为球磨机设置栅格后的图像。这里设置的栅格较大以便于说明,实际计算时应根据具体模型设置适宜的栅格大小。

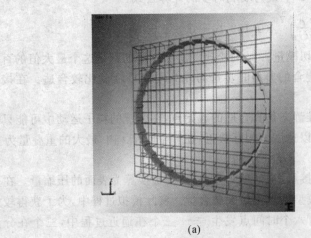

(a)   (b)

图 5-10 栅格的显示及控制

(a)栅格显示; (b)显示控制

5. 碰撞的输出

由于 EDEM 的默认输出不包括粒子的碰撞,因此,对于需要碰撞统计的模型来说,一定要将碰撞选项选中(见图 5-11)。

图 5-11　碰撞输出选项卡

6. 粒子的运动仿真

设置完成后,可以点击过程查看条("Progress")前面的"仿真/停止"按钮进行仿真。当系统开始仿真时,可以随时观察仿真过程的进展情况,如果过程不理想,可以点击过程查看器上的"仿真/停止"按钮,重新设置仿真参数,从适合的时间点开始仿真,过程查看器如图 5-12 所示。

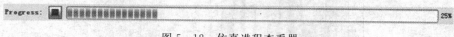

图 5-12　仿真进程查看器

图 5-12 中所显示的百分数其实就是过程仿真的当前时间与用户所设的仿真总时间的百分比。当然,也可以通过仿真过程查看器旁边的控制条查看当前的具体时间。仿真结束后,或者在中间时刻停止时,可以更改模型参数,然后根据需要,从适宜的时间点继续进行仿真。

5.1.7　EDEM 仿真的结果分析

1. 仿真模型的观察

仿真完成以后,就可以进入分析模式查看系统参数,进行系统的参数分析,回放观察各个时刻粒子系统的运动状态,并且可以调整系统对于粒子和几何体的显示模式。图 5-13 表示的是球磨机仿真进行完毕后某一时刻的状态图像。

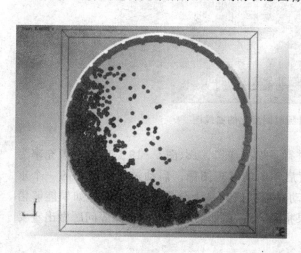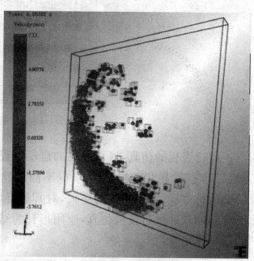

图 5-13　仿真模型的状态观察

图 5-13 给出了粒子的不同速度范围。磨机筒体为点显示,对于封闭的系统,采用这种显示可以清晰地查看内部粒子的运动情况。并且,本书对磨机中的磨球采用了栅格查看,隐藏了不含粒子的栅格,利用这种技术可以根据需要查看符合条件的接触、适宜速度的粒子等等。

2. 具体参数图表绘制

EDEM 可以绘制多种结果图像:①不同状态下,粒子数、接触数等具体参数的统计柱状图;②各种不同状态参数随时间或位置等变化的曲线图;③粒子对于各种具体参数变化的扫略图;④各具体参数统计数量百分比的饼状图。图 5-14 至图 5-17 分别为表示球磨机各种参数状态的图像。

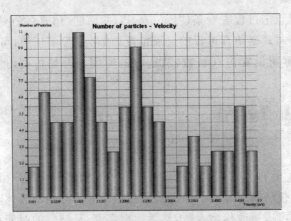

图 5-14 具有不同速度的粒子数的柱状图

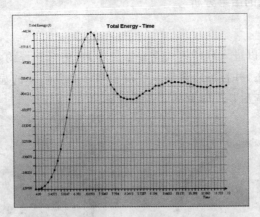

图 5-15 总能量随时间变化的曲线图

通过磨机的仿真,对球磨机的启动过程进行了模拟,图 5-18、图 5-19 是磨机在填充率为 20%、转速率为 80% 的条件下,以不同加速度启动时的转矩图像。启动过程是磨机的一个重要的运行过程,对于实际的磨机,对其进行启动过程的研究是十分重要的。所以,如果能够借助有利的软件进行模拟仿真,应用得到的结果指导实践,就能够对电机的选择等问题做出重要的指导作用。

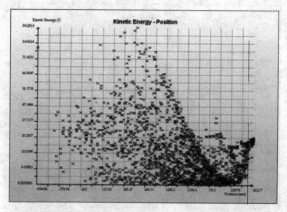

图 5-16　动能和 y 轴位置关系的扫略图

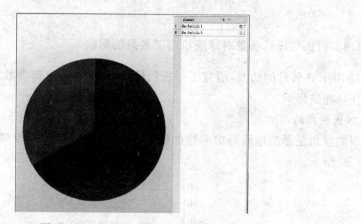

图 5-17　两种粒子的百分比饼状图

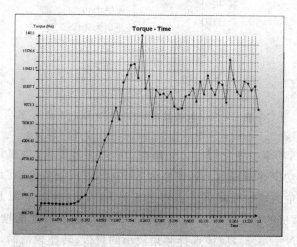

图 5-18　加速度为 $0.5\mathrm{rad/s^2}$ 时的转矩图

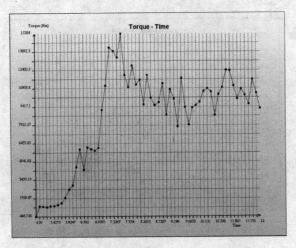

图 5 - 19　加速度为 1rad/s² 时的转矩图

5.1.8　衬板的设计参数对球磨机磨矿效果的影响

通过 EDEM 软件的仿真,研究了衬板的倾角、高度和数量等参数对球磨机的功耗、冲击能量等工作性能的影响。

1. 衬板倾角的影响

衬板的倾角是影响球磨机功率的重要因素。不同转速下,衬板倾角与球磨机功率的关系如图 5 - 20 所示。

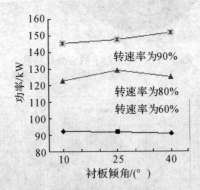

图 5 - 20　衬板倾角对球磨机功率的影响

转速率为 60% 时,功率的变化较小。倾角在 10°～25°范围内,功率几乎没有变化,随着倾角继续增加到 40°时,功率逐渐降低。转速率为 80% 时,衬板倾角由 10°增加到 25°,功耗增加,然后功耗随着衬板倾角的增加而降低。当转速率为 90%,衬板倾角为 10°时的球磨机的功耗最低。也就是说,球磨机的功耗的峰值对应的衬板的倾角随着转速的增加而增加。根据这一结果,高转速的磨机($N=90\%$),应该选择倾角较小的衬板;转速较低时,衬板倾角的变化对功率的影响较小。而磨矿过程中,衬板的倾角由于磨损而增加,所以说,转速越高,球磨机的操作越难以控制。

冲击能量和冲击次数共同决定了球磨机的颗粒粉碎性能,因此可以以冲击能量分布作为颗粒破碎性能的指标。为了研究衬板倾角的变化对冲击能量分布的影响,在对数坐标系中绘制了转速率为 60% 时的冲击能量分布图,如图 5-21 所示,其中(a)图表示衬板倾角为 10°;(b)图表示衬板倾角为 25°;(c)图表示衬板倾角为 40°。球磨机中绝大部分的碰撞(大约为 10^4 次)的能量都在 0.01 J 或者更低,高能量冲击次数较少,这与该转速下球磨机中的抛落物料与泻落物料的相对比例一致。

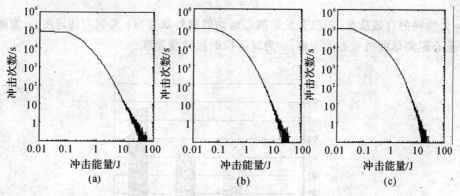

图 5-21　不同倾角衬板的球磨机内的冲击能量分布图

图 5-21 表明,梯形衬板倾角增加,低能量冲击次数增加,但是高能量冲击的次数以及最高冲击能量都降低了,因为球磨机的冲击能量只有达到一个临界数值才能有效用于颗粒的破碎,所以这就意味着可用于颗粒破碎的能量随着衬板倾角的增加而减少。而这一临界能量值与颗粒的大小以及颗粒的硬度等属性有关。因此,实际生产中,如果研磨颗粒直径较大,硬度较高,就应该采用倾角较小的衬板来产生更多的高能量的冲击,反之,较小、较软的颗粒应该选择倾角较大的衬板。

颗粒的破碎概率与作用在颗粒上的合力有直接关系,因此还可以通过研究磨机中单个颗粒所受的合力,来观察衬板倾角的变化对磨矿效果的影响。衬板倾角分别为 10° 和 40° 的球磨机中,直径为 100 mm(位于物料的内部)的单个颗粒所受合力的时间历程如图 5-22 所示,其中(a)图表示衬板倾角为 10°,(b)图表示衬板倾角为 40°。对于衬板倾角较大(为 40°)的磨机,作用在颗粒上的合力的幅值低于衬板倾角较小(为 10°)的磨机,而且,在衬板倾角较小的磨机中,颗粒很容易被提升到较高的位置,然后抛落下来,产生高强度冲击。

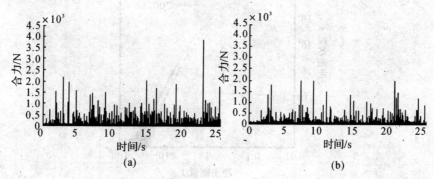

图 5-22　单个颗粒所受合力的时间历程图

2. 衬板高度的影响

为了研究衬板高度对球磨机功率的影响,分别选择高度为 50 mm,100 mm,150 mm 和 200 mm(即颗粒直径的 0.5,1,1.5,2 倍)的衬板,其他参数不变,仿真结果如图 5-23 所示。衬板高度的改变会造成球磨机有效直径的变化,从而对球磨机的功率产生较大的影响。根据球磨机的功率计算公式

$$P = mgxw \tag{5-11}$$

式中,m 为物料的有效质量(即没有发生离心运动的物料质量);g 为重力加速度;x 为磨机中的物料的重心距离球磨机重心的距离;ω 为球磨机的旋转角速度。

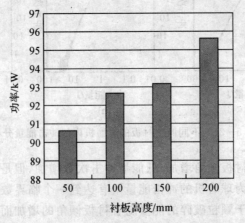

图 5-23 衬板高度对球磨机功率的影响(衬板数量为 30)

此时球磨机的转速率为 60%,物料不会发生离心运动,随着衬板高度的增加,物料的有效质量不变,而衬板对物料的提升作用增强,物料提升的高度增加,即 x 增加,因此,球磨机的功率随着衬板高度的增加而增加。磨机中物料的冲击频率及相应的能量水平也随之增加,如图 5-24 所示。

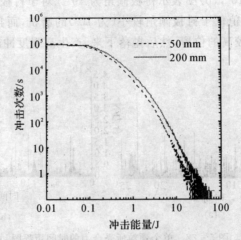

图 5-24 不同衬板高度的球磨机内的冲击能量分布

对于相同的冲击次数,衬板高度为 50 mm 的球磨机的对应的冲击能量水平低于高度为 200 mm 的球磨机的冲击能量水平。而且,当衬板高度由 50 mm 增加到 200 mm 时,最高冲击能量由 53.45 J 增加到 80.91 J,这是因为,随着衬板高度的增加,抛落物料和泻落物料的提升高度都随之增加,因而冲击能量相应增加。

3. 衬板数量的影响

模拟得到的不同衬板数量的球磨机净驱动功率如图 5-25 所示。

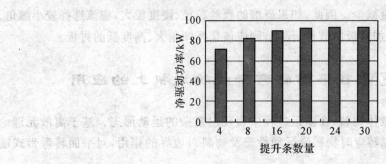

图 5-25　衬板数量对球磨机净驱动功率的影响
（衬板高度为 100 mm,转速率为 60%）

起初,球磨机功率随衬板数的增加而增加,当衬板数目增加到一定值以后,球磨机的功率保持一个稳定值,并不继续增加。然而实际生产中,磨机的衬板数量都比功率达到稳定时的数目多。从这个角度来说,忽略衬板数量影响的功率计算方法是合理的。

为了便于统计观察,冲击能量间隔取得较小,图 5-26(a)所示是冲击能量为 0.01～4 J 的碰撞能量分布,图 5-26(b)所示是能量大于 4 J 的碰撞能量分布图。从图中可以看出,衬板数为 4 的磨机在较低的冲击能量(0.1 J)的碰撞次数最多。衬板的数目越少,高能量冲击的次数越少。由于球磨机的磨矿作用主要是颗粒下落的冲击作用产生的,而且,只有当碰撞能量达到一定值时,才能有效地应用于颗粒的破碎,因此冲击次数(尤其是高能量的冲击次数)的减少,也就意味着颗粒破碎的概率降低,这表明,衬板数多的磨机的破碎性能较好。

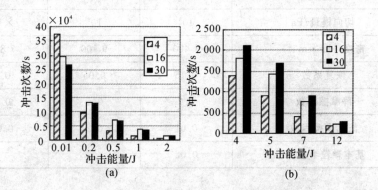

图 5-26　冲击能量分布(转速率为 60%)

从球磨机的净驱动功率和冲击能量分布两个方面,模拟分析了衬板设计参数对球磨机磨矿效果的影响,可以得出如下结论:

(1)增加衬板的数量在一定程度上能增加球磨机的功率。

(2)在不同转速下工作的磨机,功率峰值对应的衬板倾角不同;球磨机的功耗随着衬板高度的增加而降低,而且,转速越高,这种趋势越明显。

(3)随着倾角的减小,球磨机中单个颗粒所受合力的幅值增加,即颗粒的破碎概率增加。

(4)高能量冲击的比例随着衬板的数量、高度的增加而增加,而且,相同冲击次数对应的冲击能量水平随着衬板高度的增加而增加;随着衬板倾角的增加,低能量冲击次数增加,而高能冲击次数以及最高冲击能量减少。因此,如果研磨的颗粒粒径、硬度较大,应该选择较小倾角、较大高度的衬板,并适当增加衬板的数量,反之,则应该选择倾角大、高度低的衬板。

5.2　EDEM 在平面转弯带式输送机上的应用

带式输送机输送的是散体物料,在输运过程中表现出复杂的运动形态。基于离散元理论和 EDEM 软件,模拟并研究转弯时物料流运动性态及物料对边界的作用,对平面转弯带式输送机的设计具有指导意义。

5.2.1　平面转弯颗粒流离散元模型的建立

通过三维 CAD 软件建立所需几何体(漏斗)和表面(输送带)模型,导入到离散元软件中。为了分析方便,把输送带分为内、外侧和中间平的三个部分。为了模拟块状颗粒,颗粒单元采用了四个基本球单元组合形成,如图 5-27 所示。

所涉及的材料特性参数如表 5-5 所示。散体物料为煤颗粒,输送带采用了橡胶材料,漏斗采用钢板。

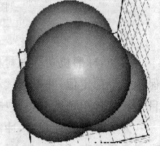

图 5-27　颗粒单元

表 5-5　材料特性参数

参数	煤	橡胶(带)	钢(漏斗)
泊松比	0.5	0.45	0.3
切向模量/Pa	10^8	10^6	7×10^{10}
密度/(kg·m^{-3})	1 400	9 100	7 800
恢复系数	0.15	0.05	0.2
静摩擦因数	0.2	0.5	0.5
滚动摩擦因数	0.01	0.2	0.02
基本颗粒半径/m	0.02		

输送带中间平的部分宽度为 0.5 m,颗粒产生速率为 100 个/s,迭代时步为 $0.2 \times T_R = 4.91 \times 10^{-5}$ s,总计模拟时间为 5 s。最终所建离散元模型如图 5-28 所示。

图 5-28　离散元模型

5.2.2　平面转弯颗粒流的宏观模拟

图 5-29(a)、(b)、(c)、(d)分别显示了以角速度为 0.785 rad/s 运转时,不同时刻的颗粒运动的宏观情况。为了模拟托辊的振动,给输送带增加了垂直上下的振动,振动频率为 30 次/s,振动幅值为 0.002 m。图中颜色条代表颗粒的平均速度。由计算获得的带子中央、带子内侧及带子外侧速度分别是 0.942 m/s,0.785 m/s 和 1.099 m/s,这一差异反映在带子的径向上物料颗粒的颜色不同。

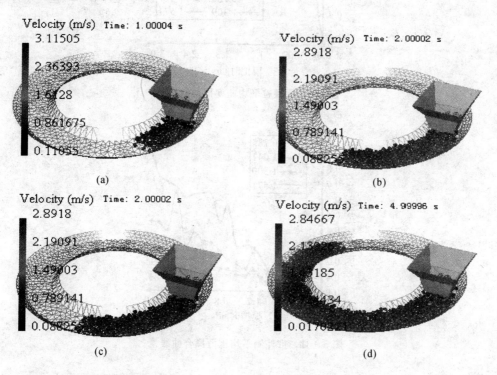

图 5-29　物料运动的宏观规律

5.2.3　以不同的角速度旋转时颗粒流的模拟

分别以 0.785 rad/s,1.047 rad/s,1.309 rad/s,1.571 rad/s 的角速度进行旋转模拟,模拟时间为 3 s,获得的颗粒平均速度值拟合后的曲线如图 5-30 所示。从图中可看出,在模拟时间 0～0.25 s 内,颗粒平均速度直线上升到某一个值。这是由于颗粒生成后都以重力加速度下落到带面的缘故,此时的速度基本一致,这与实际是相符的。从 0.25 s 时刻之后,由于带速不同,颗粒平均速度明显地产生了变化,并各自逐步达到一个恒定值。在 3 s 时刻颗粒平均速度分别是 0.972 5 m/s,1.269 m/s,1.574 8 m/s,1.880 6 m/s,与计算出的带中央的切向速度 0.942 m/s,1.25 m/s,1.570 8 m/s,1.885 2 m/s 相比,相对误差分别是 3.23%,1.52%,0.31% 和 0.03%,即带速达到 1.571 rad/s 时,颗粒平均速度基本上等于颗粒在带子中央的切向速度。说明从 3 s 时刻后模拟的效果具有一定的可信度。当以不同的角速度运行时,颗粒对输送带外侧边缘的平均压力值拟合后的曲线如图 5-31 所示。从图中可以看出,随着模拟时间的增加,带外侧平均压力值非线性增加,且带有波动性。

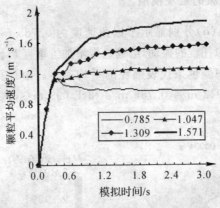

图 5-30　颗粒平均速度拟合曲线

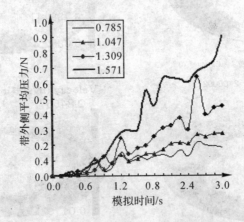

图 5-31　带外侧平均压力拟合曲线

5.2.4　滚动摩擦因数对颗粒运动的影响

为了考察颗粒与带之间的滚动摩擦因数对颗粒运动的影响,采用了两组不同的颗粒单元。第一组是图 5-27 所示的颗粒单元(四个球组合),另一组采用三个基本球单元组合方式。分别选取 0.01,0.05,0.1,0.2 四种不同的滚动摩擦因数,在带速相同、颗粒摩擦因数相同的条件下进行了模拟运算,获得的结果如图 5-32 所示。图中的图例 0.01(4)表示滚动摩擦因数为

0.01 的第一组颗粒单元、图例 0.01 表示滚动摩擦因数为 0.01 的第二组颗粒单元。从图中发现,图线明显分为两组图线,每一组图线基本上重合,且随着模拟时间的增加逐步达到一个恒定值,到 3 s 时刻两组图线趋于一致。由此说明颗粒平均速度与颗粒单元、滚动摩擦因数的关系不大。当颗粒单元为第一组颗粒单元时,从图中明显看出有一个峰值,然后回落并逐渐趋向一个值。这是由于第一组颗粒单元的质量要比第二组颗粒单元的质量大,所以,落到带面时的速度就相对第二组颗粒单元要大。

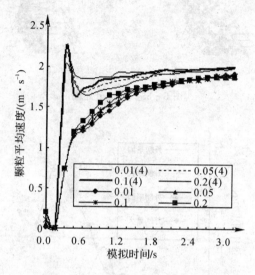

图 5 - 32　颗粒平均速度拟合曲线

5.2.5　输送带加速运行时的料流模拟及颗粒对输送带的压力作用

当输送带以 0.785 rad/s 的速度匀速旋转时,物料颗粒在带面上均匀分布,如图 5 - 33(a) 所示。当输送带以初速度 0.785 rad/s、角加速度 0.5 rad/s² 进行旋转时,随着模拟时间的增加,物料逐步向带边缘滚翻,甚至飞出带外侧,如图 5 - 33(b) 所示。此时物料颗粒对带外侧的平均压力模拟测试结果如图 5 - 34 所示。图例中的“外侧平均”表示匀速旋转时带外侧所受的平均压力,“外侧平均(＋)”表示匀加速旋转时带外侧所受的平均压力,“外侧最大”表示匀速旋转时带外侧所受的最大压力,“外侧最大(＋)”表示匀加速旋转时带外侧所受的最大压力。从图中发现,匀速旋转时带外侧所受的平均压力很小,几乎不受什么力,而匀加速时带外侧所受的平均压力接近线性地增加。带所受的最大压力无论是匀速旋转还是匀加速旋转,分别在 3.74 s 和 4.49 s 时刻出现明显的峰值 10.16 N 和 21.15 N,匀加速时的最大压力比匀速时的最大压力增加 108%。因此,提高带速会大大增加对外侧带的压力值。当输送量增加时,最大压力值将会更大。

5.2.6　仿真结论

(1)以不同的角速度模拟测试颗粒平均速度,通过与计算出的带中央的速度相比较,得到了一组比较接近的数字。当旋转速度为 1.571 rad/s 时,相对误差为 0.03%。

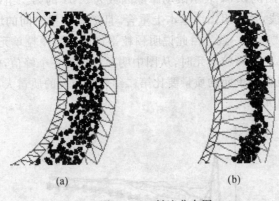

图 5-33　料流分布图

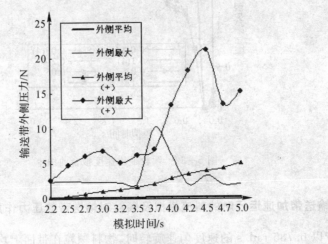

图 5-34　输送带外侧压力拟合曲线

（2）采用两种颗粒形式、四种不同的滚动摩擦因数模拟了料流运动特性,发现经过一段时间后颗粒平均速度基本趋于一致。说明针对这两种颗粒形状和不同的滚动摩擦因数对颗粒运动影响不大。至于其他颗粒形状,如块状颗粒,有待于进一步研究。

（3）当速度增加时,颗粒对带外侧的最大压力迅速增加。因此,不能为了提高运输量,盲目地提高带速而忽略了输送带的寿命,要权衡带速与带外侧所受压力之间关系来选择适当的带速。

5.3　EDEM 在螺旋输送机上的应用

螺旋输送机广泛应用于建材、化工、电力、冶金、煤炭和食品等行业,适用于水平或倾斜输送粉状、粒状和小块状物料,如煤矿、灰、渣、水泥、粮食等,物料温度小于 200℃。螺旋输送机主要由输送机主体、进出料口及驱动装置三大部分组成。其中,输送机主体包括:料槽、转轴和螺旋叶片。工作时动力由传动装置传入,使输送螺旋旋转,正常启动后,物料由进料口加入,利用输送螺旋上的螺旋叶片旋转时所产生的轴向推力,将被输送的物料沿料槽向前推移。由于物料和料槽壁之间存在足够大的摩擦阻力,因而物料在输送过程中不随螺旋叶片一起旋转,而是在螺旋叶片间以滑动形式沿料槽轴线方向向出料口移动,完成输送任务。

　　螺旋输送机的特点是:结构简单、横截面尺寸小、密封性好、工作可靠、制造成本低,便于中间装料和卸料,输送方向可逆向,也可同时向相反两个方向输送。输送过程中还可对物料进行搅拌、混合、加热和冷却等作业。通过装卸闸门可调节物料流量。但不宜输送易变质的、黏性大的、易结块的及大块的物料。输送过程中物料易破碎,螺旋及料槽易磨损,单位功率较大。使用中要保持料槽的密封性及螺旋与料槽间有适当的间隙。

　　在进行螺旋输送机的设计或选型时,需要首先确定其原始条件,如输送能力、物料的性质(如容重、粒度、温度、湿度、黏度等)、工作环境(如露天或室内、干燥或潮湿、灰尘多少、环境温度等)以及输送机布置形式等。EDEM 可以辅助工程师进行各种分析,包括分析设备对不同类型颗粒物料的输运能力,如种类、形状、粒度分布等;分析修正结构和操作条件,如调整螺旋叶片外径、轴径和螺距,修改转速等;确认安装条件,如不同倾斜角度对物料输运效果的影响;获取物料质量流量;获取物料对设备(如螺旋叶片)的作用力,评估设备的可靠性。

　　螺旋输送机是一种高效的干颗粒移动设备,可以很好地控制生产量。虽然结构简单,但是输送机理很复杂,如果设计得不合理,输送物料会出现诸如喘振和不稳定流速,测量和配料不精确、产品不均匀、产品解离、功耗过高、启动转矩过高、设备磨损高、停留时间和偏析等问题,而设计人员过去往往依赖于经验性数据。

5.3.1　离散元模型的建立

　　边界几何体在 CAD 软件中建立,并以三角形表面网格的形式导入 EDEM 软件,如图 5-35 所示。研究中采用的螺旋输送机是具有标准螺距的单头螺旋输送机,直径和螺距都是 38 mm,螺旋轴的直径是 13 mm,螺旋叶片厚度大约为 1 mm,管状外壳的内部直径大约为 40 mm,这样螺旋叶片的外缘面与外壳的内部表面的间距为 1 mm。

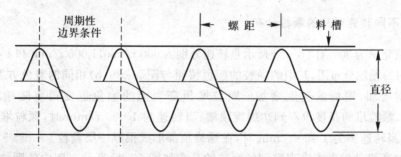

图 5-35　螺旋输送机的结构简图

　　假设输送的物料为小米,这种物料在仿真中可以用单个球形颗粒进行模拟。仿真模型所采用的球体颗粒的直径在 2~3 mm 之间,按照质量均匀分布,密度为 700 kg/m³,颗粒与颗粒以及颗粒与几何体(料槽)之间的摩擦因数分别取 0.7 和 0.5,颗粒与颗粒以及颗粒与几何体之间的恢复系数分别为 0.1 和 0.3。

　　研究的具体内容为采用三种不同的转速和不同的体积填充率,考察不同操作条件下螺旋输送机水平输送物料的颗粒分布、颗粒速度、功率等变化。转速包括 600 r/min,1 000 r/min 和 1 400 r/min,体积填充率从 30% 变化到 70%。

5.3.2 螺旋输送机中的颗粒分布

当取螺旋输送机填充率为 30%，旋转速度为 1 000 r/min 时螺旋输送机内的颗粒分布如图 5-36 所示，(a)图中的颗粒根据其直径着色，小颗粒是浅灰色，大颗粒为深灰色。从图中可以观察出所输送颗粒在螺旋的工作面上形成一个颗粒堆，颗粒到达螺旋的顶部后，大部分颗粒从颗粒堆上滚落下来，一些颗粒直接与螺旋轴相撞。较小的颗粒集中在螺旋的工作面附近，较大的颗粒(深灰色)分布在颗粒堆的外表面。这表明，颗粒由于螺旋面的剪切作用产生了一些粒度偏析。

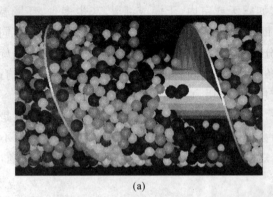 

(a)   (b)

图 5-36 螺旋输送机内的颗粒分布
(a)根据颗粒直径着色；　(b)根据颗粒速度着色

图 5-36(b)中的颗粒是根据速度着色的，较低速度颗粒(≤0.4 m/s)涂成浅灰色，快速颗粒(≥0.9 m/s)为深灰色。从图中可观察出螺旋输送机内，随着颗粒从颗粒堆的自由面往下滚落，速度逐渐增加。从该图中还可以看出，一些颗粒直接与螺旋轴相撞。

5.3.3 不同转速对应的颗粒分布

取体积填充率为 30%，图 5-37 所示是转速分别为 600 r/min，1 000 r/min 和 1 400 r/min 时螺旋输送机内的颗粒分布图，其中的颗粒的颜色按照与图 5-36(b)相同的着色方案。显然，随着螺旋速度的增加，颗粒的速度增加。颗粒堆顶部表面的倾角也变得更陡峭。当转速为 600 r/min 时，颗粒堆的高度没有到达螺旋顶端；当转速为 1 000 r/min 时，颗粒堆的高度到达了螺旋顶部；当转速率为 1 400 r/min 时，在螺旋顶部形成很厚一层颗粒。

从螺旋输送机的轴向方向观察到的颗粒的分布如图 5-38 所示。图中的颗粒流动图看起来与球磨机中的颗粒分布图比较相似。转速为 600 r/min 时，颗粒堆具有轮廓分明的底部和抛落部分，低速时由于螺旋的旋转物料被输送之后从自由面上滚落下来，然后在螺旋的中间留下一个洞，颗粒在底部位置堆积。颗粒堆中的再循环流动与球磨机中的流动十分相似：颗粒沿着磨机的表面从底部位置提升，速度较低的颗粒沿着自由面泻落或者滑落下来，速度较高的颗粒被从自由面抛开。在图 5-38(a)的右上方存在一个空洞，随着转速的增加空洞位置沿着旋转方向进一步移动。随着螺旋速度的增加，空洞的形状在圆周方向上变得越来越大，径向方向范围较小。这表明离心部分随着转速的增加而增加。

图 5-37　不同转速下颗粒的分布

(a)600 r/min；　(b)1 000 r/min；　(c)1 400 r/min

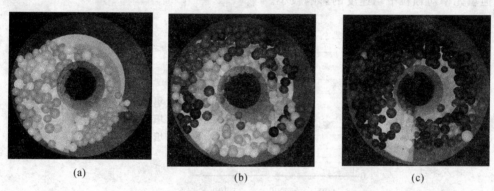

图 5-38　沿螺旋轴轴向方向观察的颗粒分布图

(a)600 r/min；　(b)1 000 r/min；　(c)1 400 r/min

5.3.4　不同填充率对应的颗粒分布

取转速为 1 000 r/min，如图 5-39 所示为不同填充率(30%，50%和 70%)时螺旋输送机内的颗粒分布图，颗粒的着色采取与图 5-36(b)相同的方式。

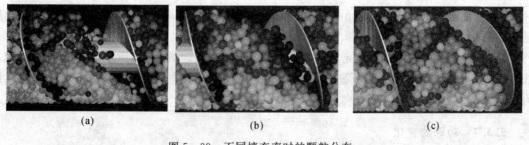

图 5-39　不同填充率时的颗粒分布

(a)30%；　(b)50%；　(c)70%

填充率为 30%时，沿着颗粒堆的自由面的颗粒的泻落运动较为剧烈，颗粒开始从颗粒堆顶部的螺旋面上落下，刚好落到前面螺旋叶片的后面。填充率为 50%时，颗粒的泻落程度明显降低。自由面更为陡峭，但是长度变短，颗粒堆在较高的位置就与前面的螺旋相接触。自由面的起始位置向螺旋的右侧移动。当填充率为 70％时,螺旋轴的前端的颗粒堆几乎填满了螺旋的工作面与前一螺旋叶片的后面的空间,因此也就不存在自由面而不能产生颗粒的泻落运动。

5.3.5　转速和填充率对颗粒平均速度的影响

如图 5-40 所示为不同转速下的颗粒平均速度的曲线图,以及不同填充率下的平均速度。从图中可以看出,对应 600 r/min,1 000 r/min 和 1 400 r/min 的转速输送机内的颗粒的平均速度依次增加,在填充率为 30％时分别为 0.39 m/s,0.62 m/s 和 0.88 m/s,填充率为 50％时,颗粒平均速度分别为 0.38 m/s,0.6 m/s 和 0.87 m/s,填充率为 70％时,颗粒平均速度分别为 0.36 m/s,0.59 m/s 和 0.82 m/s。随着转速的增加输送机内的颗粒的平均速度也随之提高,但填充率对颗粒平均速度的影响较小。

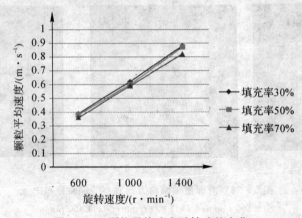

图 5-40　颗粒平均速度随转速的变化

5.3.6　质量流速的变化

通过测量颗粒质量流的通过速度定量研究螺旋输送机内的颗粒流动形态,质量流速的确定通过记录流过与螺旋轴垂直的平面的所有颗粒的数目完成。如图 5-41 所示,在填充率为 30％时,当转速分别为 600 r/min,1 000 r/min 和 1 400 r/min 时,对应的输送机内的颗粒的质量流速分别为 0.042 kg/s,0.072 kg/s 和 0.096 kg/s。

从图 5-41 中可看出,在固定填充率的情况下,随着转速的提高,质量流速的数值也随之线性增加。固定转速的情况下,随着填充率的升高,质量流速的数值随之增加,增加方式大致为线性增加。

5.3.7　功率的变化

在离散元仿真中,通过提取所有颗粒施加到螺旋轴上的转矩,计算即可得出螺旋输送机运行所需的功率,进行功率预测。仿真中一般在转轴转 2～3 圈后达到稳定状态,然后可以提取所需的转矩数值。如图 5-42 所示为不同转速与不同填充率下的功率的变化曲线,填充率为 30％时,对应 600 r/min,1 000 r/min 和 1 400 r/min 的功率分别为 0.025 W,0.05 W 和 0.085 W,随着转速的增加功率相应地提高。

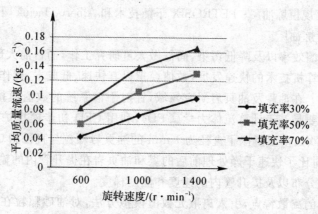

图 5-41　平均质量流速随转速的变化

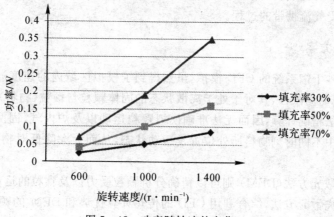

图 5-42　功率随转速的变化

5.3.8　仿真结论

离散元仿真表明,螺旋输送机内的颗粒流动的本质十分复杂,而且较容易受到操作条件的影响。亦即,螺旋输送机的性能受螺旋的旋转速度、螺旋输送机的倾角和散料的体积填充率等操作条件的影响。

仿真结果表明,离散元方法可以给设计人员提供一种新的设计工具。不但可以获得详细的颗粒分布的形态,而且能够提供传统设计和试验方法不能提供的数据。通过离散元方法可以从以下几个方面分析螺旋输送机的性能:颗粒速度、质量流速和功耗等,并分析由于操作条件的改变而引起的螺旋输送机的性能变化。

5.4　EDEM 在油砂干馏系统的应用[37]

油砂干馏工艺主要有抚顺式炉干馏技术、巴西 PETROSIX 干馏技术、美国 Tosco Ⅱ干馏技术、德国 L R 干馏技术、澳大利亚 Alberta Taciuk 干馏技术等。其中我国抚顺式炉干馏技术油收率较国外低;L R 技术处理量小,但油收率高、投资较少,适于小规模炼油厂;Tosco Ⅱ干馏技术处理量较大,适于中等规模炼油厂;PETROSIX 干馏技术和 Alberta Taciuk 干馏技术处理量大,投资高,适用于大规模炼油厂。

为提高油砂干馏效率以及降低污染,尚需做大量研究工作,而目前大部分工作都是以实验形式开展。随着计算机技术的快速发展,数值模拟以其快速、低成本、操作性好等优点,已经在各个领域逐步应用。在油砂及油页岩研究领域,针对干馏系统的数值模拟研究较少。目前文献中的处理方法主要是基于计算流体力学(CFD),利用 CFD 初步模拟炉内的传热传质过程。如 Amir 等人利用欧拉模型模拟了直径为 1 mm 的油页岩颗粒与直径为 0.5 mm 的高温颗粒在转炉中的混合,对比了快速干燥处理前后的煤和油页岩在提升管内的输运情况,大致预计了炉内油页岩的体积分布以及提升管内的速度和温度梯度。

根据油砂物料的离散特点,引入离散元数值模拟方法,对油砂颗粒在干馏炉内的运动、铺展、前进过程进行还原,同时与计算流体力学方法进行耦合,引入油砂与炉壁以及油砂之间的热传递过程。初步研究表明离散元数值模拟计算较好地展示了颗粒在炉内运动铺展的过程,以及通道内颗粒受气流携带的过程。

5.4.1　模拟方案

当前针对油砂干馏系统的 CFD 模拟,虽然得到了模拟区域内的速度温度场的分布,但由于 CFD 方法本身的局限性,其对于处于离散状态的固体颗粒与颗粒(物料)间,以及颗粒与炉壁间力的作用无法精确计算,因而无法准确模拟颗粒运动以及炉内气、固两相的复杂情况,无法准确得到模拟中不同时刻物料所处位置及运动状态,从而大大降低对物料的传热传质模拟的精度。

相较之下离散元方法(DEM)则可以精确分析颗粒受力以及颗粒的运动轨迹。在 CFD 计算的基础上引入离散元方法,综合利用 CFD 的传热计算优势和 DEM 的颗粒计算优势。通过 DEM 计算得到物料在炉内的实时堆积状态,将信息反馈给 CFD 进行相应传热传质计算,从而准确地模拟回转炉内物料运动铺展及传热过程,使结果更为合理。

以离散元分析软件 EDEM 为平台对物料在水平回转炉内的运动情况进行模拟,其中对颗粒-壁面,颗粒-颗粒受力计算采用 Hertz 接触模型。该模型利用两物体间相对位置与它们各自受力处曲率半径进行对比,计算法向和切向受力,能够较好地反映硬质刚性物体间的力学行为特点。

5.4.2　回转炉的几何和网格建立

初步构建带肋片的水平回转炉内基本单元,如图 5-43 所示。内部肋片与母线方向夹角 62°,颗粒剪切模量设为 7×10^{10} Pa,泊松比为 0.3,密度为 7 800 kg/m³,恢复因数为 0.5,滑动摩擦因数为 0.5,滚动摩擦因数为 0.01。

5.4.3　回转炉内的物料铺展和运动情况的模拟

模拟转炉(一个模拟单元)在转动速度 1.2 rad/s 下转动时,220 个颗粒在炉内的运动及铺展情况。颗粒直径 2 mm。模拟结果如图 5-44 所示,物料铺展在转炉底层,并且在旋转肋片的作用下翻滚混合。这种颗粒间的运动促进了物料的分散混合,加速了物料-物料、物料-炉壁间的热量交换,提高了传热效率。该过程中炉壁与物料、物料与物料间受力情况复杂,决定物料的实际运动情况。

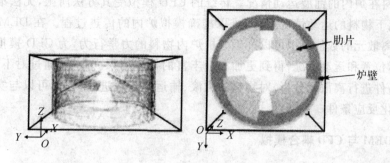

图 5 - 43　模拟单元的构建图

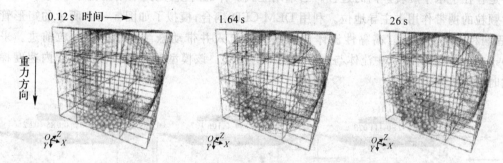

图 5 - 44　回转炉内物料铺展及混合结果图

5.4.4　模拟带肋片的回转炉的物料向前输送情况

　　模拟转炉（一个模拟单元）在角速度 1.2 rad/s 下转动时，220 个颗粒在炉内的运动及铺展情况。颗粒材料与炉壁相同，直径为 2 mm。从图 5 - 45 所示模拟结果，可以看出物料受到转炉不断旋转时对其产生的推力作用，向前输运。其输运的速度主要取决于肋片转动的速度和夹角。

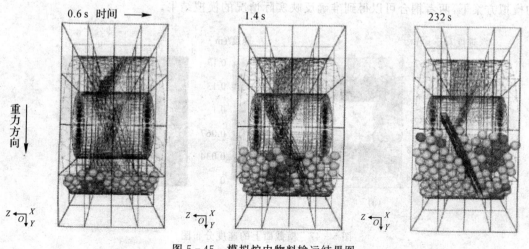

图 5 - 45　模拟炉内物料输运结果图

从以上结果来看,物料在转炉内运动情况复杂,物料-物料、物料-炉壁间作用力占主导地位,决定了物料在炉内的铺展运动情况。传统的 CFD 模拟受其方法所限,无法准确模拟这种复杂受力情况下物料的运动情况,从而难以准确模拟炉内的传热过程。在 DEM - CFD 耦合模拟中,基于离散元的数值模拟可以准确分析炉内物料的力学行为,为 CFD 模拟提供炉内固相物料的实际位置和运动情况,得到更加准确丰富的模拟结果。此外,通过对不同转动速度、肋片交角等条件进行离散元分析,对物料的翻滚、输运等过程进行模拟,可以与实验结果相互验证补充,优化反应条件。

5.4.5 DEM 与 CFD 耦合模拟

以上结果展示了由于颗粒间受力以及颗粒与壁面间受力造成的物料铺展以及输运结果,主要是存在于水平旋转炉内的过程。当采用立式炉体的时候,尤其采用流化床形式的时候,气流对颗粒的携带作用占主导地位。利用 DEM-CFD 耦合,模拟了如图 5-46 所示的矩形管内液、固两相的流动过程。高黏性流体自管的一端流入并带动悬浮其中的小颗粒前进。采用 Freest ream 模型计算其中流体与小颗粒间力的作用。该模型对于颗粒较少且管内速度梯度不大时效果较好。

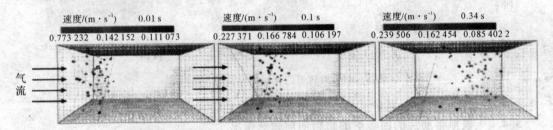

图 5-46　模拟气流对颗粒的携带结果图

从模拟结果可以看到,在流体的携带下,贴近壁面的小颗粒前进缓慢,而位于管中间位置的颗粒速度较快,更快地通过了矩形管,如图 5-47 所示。这是由于壁面附近流体处于速度较慢的边界层,而中心流体速度最快。模拟说明 DEM 与 CFD 模拟具有良好的兼容性。在合理的模拟方案下,两者耦合可以得到准确反映实际情况的模拟结果。

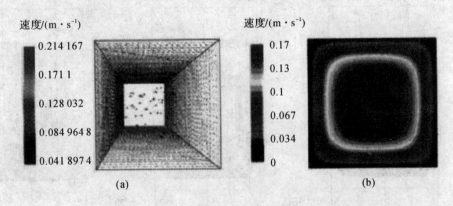

图 5-47　横截面上的速度分布图
(a)EDEM 中管内颗粒速度分布;　(b)相应的流体速度分布

5.4.6　仿真结论

　　离散元分析软件能够准确模拟炉内物料的受力运动情况。DEM 与 CFD 具有良好的兼容性，两者耦合模拟能够取得物料动态，以及流体对物料携带等结果。离散元对转炉以及立式炉中物料复杂运动情况的模拟，不仅可以为 CFD 模拟提供模拟参数，而且可以与转炉力学实验对照，研究炉内物料的力学行为和运动特点。通过模拟不同的肋片偏角及转速下炉内翻转输运情况，可以优化转炉外形及反应条件。引入离散元力学分析的 DEM - CDF 耦合模拟对于油砂干馏这类同时具有复杂力学行为和传热过程的工业系统将具有重要的实用价值。

参 考 文 献

[1] 孙其诚,王光谦. 颗粒物质力学导论. 北京:科学出版社,2009.

[2] 赵海波,郑楚光. 离散系统动力学演变过程的颗粒群平衡模拟. 北京:科学出版社,2008.

[3] 徐泳,孙其诚,张凌,等. 颗粒离散单元法研究进展. 力学进展,2003.

[4] 刘凯欣,高凌天. 离散单元法研究述评. 力学进展,2003,4(33).

[5] 英国 DEM—solution 咨询公司. EDEM 指导手册,2008.

[6] Hlungwani O,Rikhotso J, Dong H, et al. Further validation of DEM modeling of milling: effects of liner profile and mill speed. Minerals Engineering,2003(16):993 – 998.

[7] DjordjevicN. Influnce of charge size distribution on net—power draw of tumbling mill based on DEM modeling. Minerals Engineering,2005,18:75 – 378.

[8] Djordjevic N. Discrete element modelling of power draw of tumbling mills. Mineral Processing and Extractive Metallurgy, 2003,112(2):109 – 114.

[9] Djordjevic N,Shi F N, Morrison R. Determination of lifter design, speed and filling effects in AG mills by 3D DEM. Minerals Engineering, 2004,17(11 – 12):1135 – 1142.

[10] Cleary P W. Predicting Charge Motion, Power Draw, Segregation and Wear in Ball Mills Using Discrete Element Methods. Minerals Engineering,1998,11(11):1061 – 1080.

[11] Morrison R D,Cleary P W. Using DEM to model ore breakage within a poilot scale SAG mill. Minerals Engineering,2004,17:1117 – 1124.

[12] Manoj Khanal,Rob Morrison. Discrete element method study of abrasion. Minerals Engineering,2005,18:1386 – 1391.

[13] Augustine B M,Michael H M, Murray M B,et al. A new approach to optimizing the life and performance of worn liners in ball mills:Experimental study and DEM simulation. Miner. Process,2007,84:21 – 227.

[14] Johnny T Kalala,Mark Breetzke,et al. Study of the influence of liner wear on the load behaviour of an industrial dry tumbling mill using the Discrete Element Method (DEM). International Journal of Mineral Processing,2008,86:33 – 39.

[15] Manoj Khanal, Rob Morrison. DEM Simulation of Abrasion of Nonspherical Particles in Tumbling Mill. Particulate Science and Technology,2009, 27(1):68 – 76.

[16] Djordjevic N. Discrete element modelling of the influence of lifters on power draw of tumbling mills. Minerals Engineering,2003,16(4):331 – 336.

[17] Cleary P W. Recent Advances in DEM Modelling of Tumbling Mills. Minerals Engineering, 2001,14(10):1295 – 1319.

[18] Morton D,Dunstall S. Using the Web to increase the availability of DEM—based mill modelling. Minerals Engineering,2004,17(11 – 12):1199 – 1207.

[19] Owen P J, Cleary P W. Prediction of screw conveyor performance using the Discrete Element Method (DEM). Powder Technology,2009,193(3):274 – 288.

[20]　黄松元. 散体力学. 北京. 机械工业出版社, 1993.

[21]　李广信. 高等土力学. 北京:清华大学出版社, 2004.

[22]　陆坤权, 刘寄星. 软物质物理学导论. 北京:北京大学出版社, 2006.

[23]　王泳嘉, 邢继波. 离散单元法及其在岩土力学中的应用. 沈阳:东北工学院出版社, 1991.

[24]　朴香兰, 王国强, 张英爽. 转送站的离散元模拟研究. 矿山机械, 2009(23):57 - 60.

[25]　王丹. 重油超重原油和天然沥青的开采方法述评. 世界石油工业, 1993, 6:20 - 22.

[26]　何泽能, 李振山, 籍国东, 等. 沥青砂开采方法综述. 特种油气藏, 2006, 13:1 - 5.

[27]　陈华, 姜大志. 基于三维离散单元法的颗粒级配对管磨机功耗影响的仿真研究. 矿山机械, 2006, 34(7):37 - 39.

[28]　张大兵, 刘吉普, 闭业斌. 基于离散单元法的球磨机净驱动功率预测. 矿山机械, 2007, 35(4):39 - 41.

[29]　史国军. 基于三维离散单元法的球磨机介质参数研究[D]. 昆明:昆明理工大学, 2008.

[30]　刘波. 基于三维离散元的球磨机衬板提升条研究[D]. 昆明:昆明理工大学, 2008.

[31]　Morrison R D, Cleary P W. Using DEM to model ore breakage within a pilot scale SAG mill. Minerals Engineering, 2004, 17(11 - 12):1117 - 1124.

[32]　Manoj Khanl, Rob Morrison. Discrete element method study of abrasion. Minerals Engineering, 2008, 21(11):751 - 760.

[33]　Powell, Malcolm, Emit, et al. Selection and design of mill liners, 2006 SME Annual Conference—Advances in Comminution, 2006:331 - 376.

[34]　Johnny T Kalala, Mark Breetzke, Michael H Moys. Study of the influence of liner wear on the load behaviour of an industrial dry tumbling mill using the Discrete Element Method (DEM). International Journal of Mineral Processing, 2008, 86(1 - 4):33 - 39.

[35]　李媛华. 基于离散元技术的球磨机参数优化研究[D]. 长春:吉林大学, 2009.

[36]　朴香兰, 王国强, 张占强, 等. 水平转弯颗粒流的离散元模拟. 吉林大学学报:工学版, 2010, 40(1):98 - 102.

[37]　潘振海, 王昊, 王习东, 等. 油砂干馏系统的 DEM-CFD 耦合模拟. 天然气工业, 2008, 12:124 - 126.